Versamelde
Boesmanstories 1

Versamelde Boesmanstories 1

☙

SAAMGESTEL DEUR
G.R. von Wielligh

☙

VOORWOORD DEUR
Hennie Aucamp

PROTEA BOEKHUIS
PRETORIA
2009

Versamelde Boesmanstories 1 – saamgestel deur G.R. von Wielligh

oorspronklik uitgegee as:
Boesmanstories Deel I: Mitologie en legendes,
　1919, De Nationale Pers Beperkt
Boesmanstories Deel II: Dierestories en ander verhale,
　1920, De Nationale Pers Beperkt

Hersiene, bygewerkte uitgawe, eerste druk 2009, Protea Boekhuis
Posbus 35110, Menlopark, 0102
Burnettstraat 1067, Hatfield, Pretoria
Minnistraat 8, Clydesdale, Pretoria
protea@intekom.co.za
www.proteaboekhuis.co.za

Redakteur: Kristèl Roets
Bandontwerp: Hanli Deysel
Bandfoto: Jurgen Schadeberg
Illustrasies in die teks was deel van die oorspronklike uitgawe.
Bladuitleg en ontwerp: Hanli Deysel
Tipografie: 11.5 op 16 pt Zapf Calligr
Gedruk en gebind: Mills Litho, Maitland

© 2009, Protea Boekhuis
ISBN 978-1-86919-288-4

Alle regte voorbehou. Geen gedeelte van hierdie boek mag sonder skriftelike verlof van die uitgewer gereproduseer of in enige vorm of deur enige elektroniese of meganiese middel weergegee word nie, hetsy deur fotokopiëring, skyf- of bandopname, of deur enige ander stelsel vir inligtingsbewaring of -ontsluiting.

Redigeernota

Hierdie stories is oorspronklik gepubliseer in 1919 en 1920 en insidente wat aanstoot gee, moet in die konteks van daardie tyd beskou word. Woorde en stellings wat aanstoot gee, is vervang of weggelaat maar om soortgelyke insidente weg te laat, sou die verhaalgang versteur.

Oorspronklike leestekengebruik is aangepas; veral oorbodige kommas en weglatingspuntjies in dialoog is uitgelaat. Daar is weggedoen met die oormatige gebruik van hoofletters. Die verlede tyd waarin gedeeltes van die verhaal oorspronklik geskryf is, is in sekere gevalle na die historiese teenwoordige tyd verander. In uiterste gevalle is die argaïese taal vervang met meer eietydse Afrikaans.

Voorwoord by die 2009-uitgawe

Gideon Retief von Wielligh (1859–1932): die herontdekking van 'n profeet

For "primitives", past and future are in the present. For "moderns", the present is either in the future or in the past. They have no present, only a permanently self-repeating of confusion.
Thomas Merton, *New Seeds of Contemplation*

Die beste begeleier by die folkloristiese optekenings van G.R. von Wielligh bly Von Wielligh self en wel in sy bondige inleidings tot *Boesmanstories* (vier dele) wat van 1919–1921 by De Nationale Pers Beperkt verskyn het en sy inleidings, eweneens bondig, tot *Dierestories soos deur Hotnots vertel* (vier dele) wat van 1917–1922 by J.L. van Schaik verskyn het.

Die verskyningsdatums van *Dierestories* is enigsins misleidend want Von Wielligh het reeds in 1906 dertig verkorte dierestories vir *Ons Klijntji* geskryf maar dit later herskryf, aangesien die spelling van 1906 nie populêr was nie. 'n Mens wil aanneem dat Von Wielligh die huidige vertaling van sy *Boesmanstories* in toeganklike eietydse Afrikaans sou goedgekeur het want hy wou hê dat sy stories mense moet bereik, kinders sowel as volwassenes.

Deel IV van *Boesmanstories* eindig met dié profetiese woorde:

> Maar daar sal gewis 'n tyd aanbreek dat nie alleen kinders nie, maar meer as kinders hulle ore sal hou teen die blaaie

van *Boesmanstories* om te luister na sprokies en vertellings asof die woorde direk en duidelik afkomstig is van die oorspronklike lippe wat hul vertel het.

Hierby kan ook 'n reël ingegooi word uit Abraham H. de Vries se artikel "Die Boesman en die Afrikaanse letterkunde" wat in 1961 in *Cape Librarian* verskyn het:

> In telling ... a myth, the ancients did not intend to provide entertainment (bron onvermeld).

Kortom, G.R. von Wielligh se toegewyde optekening van Boesman- en Hottentotstories en -mites was nie in die eerste plek op kindervermaak ingestel nie. Dit was deel van 'n lewendige diskoers in Afrikaanse kringe oor die Boesman, so vroeg reeds as die eerste kwart van die twintigste eeu, met die folkloristiese werk van Von Wielligh reg in die sentrum daarvan.

R.W. Wilcocks het byvoorbeeld geesdriftig oor *Boesmanstories* Deel I geoordeel in *Die Huisgenoot* van November 1919 en in dieselfde jaar het Reenen J. van Reenen op versoek van die Akademie 'n epogmakende lesing op Stellenbosch gehou, nederig getitel *Iets oor die Boesman*, wat die volgende jaar in boekvorm verskyn het. Ook Van Reenen, soos Von Wielligh, was verstom oor die digterlike en kunssinnige vermoëns van die Boesman. Ek het Reenen J. van Reenen se lang lesing in boekvorm, oor die sewentig bladsye, in die Africana-afdeling van die Universiteitsbiblioteek in Stellenbosch kon agterhaal, deel van die Melt Brink-versameling. Die heer Brink het Van Reenen se lesing saam met 'n deel van *Boesmanstories* laat inbind, vir my 'n simboliese voorstelling van hoe heg Von Wielligh se werk en

Van Reenen se vroeë teorieë oor die Boesman met mekaar geskakel het.

Die Afrikaanse diskoers oor die Boesman is ongetwyfeld geïnspireer deur die monumentale navorsing oor die Boesman van dr. Wilhelm Bleek en sy skoonsuster Lucy Lloyd, later voortgesit deur Bleek se dogter Dorothea. Beide Von Wielligh en Eugène Marais, laasgenoemde in *Dwaalstories* (1927), bring hulde aan dr. Bleek en Reenen J. van Reenen voer vir sy referaat 'n persoonlike gesprek met Dorothea Bleek wat hy "Dorris" noem, wat die vermoede laat ontstaan dat hulle mekaar goed geken het.

By die afsterwe van Von Wielligh in 1932 het huldeblyke van gerekende kollegas ingestroom, soos dié van dr. Gustav Preller in *Die Huisgenoot* van 2 September 1932 en dié van Kleinjan van Bruggen in *Die Huisgenoot* van 21 Oktober 1932. Van Bruggen noem Von Wielligh 'n "uitstekende kroniekskrywer van die sedes, gewoontes en folklore van ons inboorlingstamme" en kom tot 'n gevolgtrekking waarmee die eietydse navorser volmondig kan saamstem: "Von Wielligh is 'n kunstenaar-pedagoog."

Ná Von Wielligh se dood tree 'n afname in die belangstelling in Von Wielligh se werk in. *Dierestories* en *Boesmanstories* word byvoorbeeld nooit herdruk nie. Daar is sporadiese oplewings betreffende die Boesman as tema in die Afrikaanse letterkunde, soos in Abraham H. de Vries se reeds vermelde artikel in 1961 en in Julie 1987 verskyn die artikel "G.R. von Wielligh: 'n volkskundige evaluering" (*Tydskrif vir Volkskunde en Volkstaal*) deur Pieter W. Grobbelaar. Dis eers met die verskyning van prof. Helize van Vuuren se essay "Die mondelinge tradisie van die /Xam" in *Tydskrif vir Letterkunde*, Februarie 1995, dat Von Wielligh-navorsing 'n nuwe impetus kry, maar hieroor later.

Van waar dan die lang swye oor die werk van Von Wielligh?

Hierdie skrywer wil 'n paar moontlikhede aanroer.

Kan dit wees omdat Von Wielligh se werk op die "grys gebied" tussen letterkunde, volkskultuur en kinderliteratuur lê? (Gelukkig het postmodernisme met noodsaaklike ontgrensings begin.)

Kan dit wees omdat hy soms patroniserend teenoor die Boesman klink?

Daar is ook die moontlikheid dat Von Wielligh se taal leesversperrings kon geskep het. Sjarmant vir 'n ouer geslag wat nog sy argaïsmes kan absorbeer; minder so vir eietydse lesers en waarskynlik heeltemal ontoeganklik vir Engelssprekendes.

'n Verdere beletsel kan wees dat sy werksmetode, gestel teenoor dié van dr. Bleek en Lucy Lloyd, nie suiwer wetenskaplik was nie. Sy Boesmanvertellers word nooit by die naam genoem nie en sy stories is nie regstreeks in 'n Boesmantaal opgeteken nie.

Maar hier moet versigtig geoordeel word. Afrikaans was 'n brugtaal toe Von Wielligh as elfjarige seun saam met sy vader op 'n handelstog na Boesmanland en die Agter-Hantam gereis het. Von Wielligh se allervroegste ervaring van Boesmanstories was dus tog regstreeks: Boesmans het by hul kampvure kom stories vertel en let wel in Afrikaans. En dié patroon sou hom telkens in die tyd herhaal toe Von Wielligh as landmeter-generaal die land deurreis het. Van 1876–1878 het hy verskeie Boesmanveewagters in die Karoo ontmoet en van 1880–1883 het hy 'n landmeterskantoor op Calvinia gehad en weer kon hy die Boesmanland en die Agter-Hantam besoek en aantekeninge maak.

Von Wielligh het medewerkers gehad wat hul stories

eweneens via die Afrikaans van Boesmans gekry het. Hy noem in Deel III mnr. Emanuel de Roubaix, van Roggeland, Nieuwoudtville; mnr. A.W. van Zijl, van Klein-Breipaal, Kenhardt; en ds. W.S. Rörich van Kroonstad, vroeër van Namakwaland.

Wat Von Wielligh van Hottentotstories sê, kan net so toegepas word op Boesmanstories. In Deel I van *Dierestories* sê Von Wielligh:

> As ons die Diere Stories noukeurig volg, dan kom ons tot die gevolgtrekking, dat hulle hul teenswoordige vorm in die Hollandse tyd en nie in die Engelse tyd aangeneem het. Want die woord Boer en sy gereedskappe word nogal vry in die verhale ingevleg; terwyl ons aan die ander kant nooit die naam van Engelsman in verband met 'n storie gehoor het nie.

Eugène Marais het sy *Dwaalstories* in die Afrikaans van Ou Hendrik ontvang, 'n werklike karakter wat deur Erich Mayer geteken is en dié tekening is dan ook in die eerste uitgawe van *Dwaalstories* afgedruk. Jammer genoeg en wetenskaplik onverdedigbaar, is dié tekening in 'n nuwe uitgawe van *Dwaalstories* weggelaat. Marais wou, soos die Bleeks, volle erkenning aan sy informant verleen.

In die inleiding tot *Outa Karel's Stories: South African Folklore Tales* van Sanni Metelerkamp, uitgegee in 1914, sê Metelerkamp van Outa Karel, 'n halfwerklike, halffiktiewe karakter:

> I greatly regret that they (the stories) appear here in what is, to them, a foreign tongue. No one who has not heard them in the *Taal* – that quaint, expressive language of the

people – can have any idea of what they lose through translation, but, having been written in the first language for English publications, the original medium was out of the question (p. viii).

Maar Afrikaans slaan tog sterk deur, na sintaksis en idioom, in *Outa Karel's Stories*; een kort aanhaling, ter toeligting, uit die verhaal "The Animal's Dam":

> Early that night, there was Jakhals again. He peeped this way and that way – so, my baasjes, – and, yes, truly, there was old Broer Babiaan laying amongst the bushes. But Jakhals was too schelm for him. He made as if he didn't see him. He danced along on his hind legs, all in the round, all in the round, at the edge of the dam, singing:
> Hing-tin-ting! Honna-mak-a-ding!

Die omskrywing van Outa Karel as "halfwerklik, halffiktiewe" karakter moet nader omskryf word. Metelerkamp plaas twee stories, "The Sun" en "The Stars and the Star's Road" in die mond van Outa Karel maar sê in haar inleiding dat sy die betrokke verhale aan *Specimens of Bushman Folklore* van Bleek ontleen het. Ook skyn Metelerkamp en meer nog haar illustreerder, Constance Penstone, verward te wees deur die afstamming van Outa Karel. Hy is 'n raps oor die vier voet lank en het klein handjies. Is hy 'n Boesman, soos hy homself noem? Maar op grond van talle van sy verhale vermoed Metelerkamp dat hy half-Hottentot is. Belangrikste vir hierdie bespreking is dat Karel sy stories *in Afrikaans vertel het*; nog 'n geval van Afrikaans as brugtaal by die vaslegging en bewaring van volkskultuurkundige materiaal.

En dié praktyk – Afrikaans as brugtaal – bestaan selfs in dié tyd en dae. Die Duitse navorser Sigrid Schmidt besoek Namibië gereeld, om telkens verdere Namastories op te teken maar hiervoor moes sy Afrikaans aanleer want die Namas vertel hul stories in Afrikaans.

Oor die kwessie "wetenskaplikheid" het Von Wielligh self 'n paar dinge te sê. In die inleiding tot *Boesmanstories* Deel II stel Von Wielligh sy uitgangspunt só: "Wat ons egter na gestreef het is om tussen al die rotse veilig deur te seil, nl. wetenskaplik aan die een kant, blote vermaak aan die ander kant en egte volkskarakter vlak voor ons."

Dit bring mee dat hy variante van verhale vergelyk en hieruit 'n sintese berei het; kortom, 'n gebruikersvriendelike storie geskep het.

Von Wielligh skroom ook nie om die Boesman se omslagtige vertelstyl in te kort nie. In die inleiding tot *Boesmanstories* Deel I sê hy:

> ... want as daar 'n nasie is wat omslagtig in sij manier van vertel is, dan is dit seker 'n Boesman: hij kan een en dieselfde ding oor en oor herhaal, wat vir die wetenskaplike ondersoeker van belang mag wees, maar voorwaar glad nie vir gewone lesers nie.

Ook Dorothea Bleek het gewone lesers in die gedagte gehad toe sy die Mantis-verhale uit *Specimens of Bushman Folklore* van haar vader gereed gekry het vir die publikasie van *The Mantis and his Friends*. Sy sê in die inleiding tot haar stories: "Some I have shortened by leaving out wearisome repetition."

In *Dierestories* Deel I beken Von Wielligh dat hy soms sensor gespeel het. Op bladsy 6 sê hy dat "onstigtelike uitdrukkings" weggelaat is, asook alles "wat die grens van welvoeglikheid te buite gaan".

Met hierdie "kuising" is Von Wielligh in dieselfde geselskap as die groot Wilhelm Bleek. Bleek sê op p. xxiii van *Reynard the Fox in South Africa* or *Hottentot Fables and Tales*:

> To make these Hottentot Fables readable for the general public, a few slight omissions and alterations of what would otherwise have been too naked for the English eye were necessary, but they do not in any essential way affect the spirit of the Fables.

Ons weet nie hoeveel Boesmanwoorde Von Wielligh geken het nie maar wat ons wel weet – en hier is Von Wielligh bevoorreg bo dr. Wilhelm Bleek en sy skoonsuster Lucy Lloyd – is dat hy Boesmanstories binne natuurliker omstandighede gehoor het as Bleek en Lloyd; in die veld, by kampvure en met 'n meelewende publiek om die verteller geskaar. In *Boesmanstories* Deel I sê Von Wielligh van sy optekening van "Die Aandster is die Oog van Aandskemering":

> Hierdie storie het ons eenmaal hoor vertel en wel op die plaas Zoovoorbij, langs Hantamrivier, dist. Calvinia. Daar was een aand in 1881 'n Boesman-danspartytjie, toe het een van die outas sij talent in storie-vertel laat hoor.

Bleek se Boesmanstories is aan hom gedikteer; Von Wielligh het sy stories binne spontane vertelsituasies ervaar.

Wat Von Wielligh telkens beklemtoon, is dat die groot vertellers, meesal mans, maar soms ook 'n vrou, skaars word en hy sê in Deel I van *Dierestories* dat hy "etlike stories van dreigende ondergang gered (het)". Von Wielligh praat hier van die laat neëntiende eeu en ons is nou in die een-en-twintigste eeu, met die Boesmankultuur haas uitgewis. Daarom eer ons Von Wielligh wat verhale byna letterlik uit die mond van vertellers gered het, sy dié vertellers Boesmans of Hottentotte, mans of vrouens.

Daar is verblydende tekens dat die Boesman in die Afrikaanse letterkunde en by name die werk van G.R. von Wielligh, herontdek word in die nuwe millennium.

Die baanbrekersessay van prof. Helize van Vuuren is reeds genoem. Sy het sedertdien onverpoos voortgegaan met haar literêre verkennings van die Boesmankultuur. Van besondere belang is die artikel "'Goue lint, my storie begin ...': 'n vergelykende studie van die Europese sprokie *Hänsel und Gretel* en die Boesmansprokie oor 'Ystervark en Vlermuis'", wat Van Vuuren saam met Marisa Botha aangepak het (kyk *Stilet*, Sept. 2003).

Die vergelyking van variante van dieselfde stories binne verskillende etniese kulture kan 'n dinamiese studierigting word. Ironies is dié praktyk reeds in 1864 aangedui deur Bleek in sy publikasie van opgetekende verhale van sendelinge in Namakwaland, getiteld *Reynard the Fox in South Africa*. By die fabels oor die son en die maan is daar vier variasies op die tema "Hoe dood in die wêreld gekom het". 'n Zoeloe-variasie op dié verhaal word as vyfde variasie opgeneem.

Twee kwessies moet hier beklemtoon word. In die geval van orale kulture bestaan daar nie een saligmakende "teks" waarop die navorser hom kan beroep nie. Nie eens die optekenings van Bleek en Lloyd kan as onomstootlike oertekste beskou word nie. Binne die orale tradisie is daar soveel tekste as wat daar vertellers en vertellings is. En verder is mondelinge vertellings "nomade": Hulle swerf van een kultuurgroep na 'n ander, word mutasies en ondergaan verrykings langs die pad.

'n Reël uit Pippa Skotnes se samestelling *Unconquerable Spirit: George Stow's History Paintings of the San* (2008) is verhelderend ook wat variante van volksvertellings betref, soos byvoorbeeld Boesmanstories: "... the act of copying is an act of interpretation" (p. 13).

Elke vertelling van 'n storie is dus 'n nuwe en 'n meer of minder geldige interpretasie. In haar inleiding tot *Living legends of a dying culture: Bushmen myths, legends and fables* sê Coral Fourie: "My aim when compiling these stories was to keep as close to the narrator's way of *interpreting* the stories as possible to keep them authentic" (kursivering van my).

Hieruit volg dat elke nuwe vertaling óók 'n nuwe interpretasie is, soos Robert Schall se vertaling in Duits van sentrale tekste van Von Wielligh, gepubliseer as *Die Sterne sind glühende Kohlen und Ache. Buschmann-Erzählungen: Mythologie und Legenden* (2005).

Laastens moet die belangrike werk van Willie Koorts, sterrekundige, genoem word, wat 'n referaat gelewer het getiteld "The nature of the Dawn's heart Star", wat volledig kennis neem van Von Wielligh se optekenings, sowel as Reenen J. van Reenen se lesing *Iets oor die Boesman* van 1919.

D ie herverskyning, ná byna 'n eeu, van *Boesmanstories*, kan as 'n beklinking van die hernieude belangstelling in die werk van Gideon Retief von Wielligh gesien word en die Afrikaanslesende gaan hierdie publikasies dankbaar in die hand neem. Maar wat van die groot persentasie Engelssprekendes wat Afrikaans nooit magtig gaan word nie? Dit is gebiedend dat *Boesmanstories* so gou moontlik in Engels vertaal word, sodat die nalatenskap van G.R. von Wielligh uiteindelik ingeskakel kan raak by 'n uitkringende diskoers, plaaslik maar ook wêreldwyd, oor die Boesman en sy kosmologie.

HENNIE AUCAMP
Stellenbosch
2008

Deel I:
Mitologie en legendes

Inhoud

'n Paar woorde vooraf ... 23

☙

Hoe Boesmans stories vertel ... 27
Nag en Duisternis en hulle drie dogters ... 32
Berge is die oudste dogter ... 36
Wind en Windvoël ... 39
Weerklank of Eggo ... 43
Vlaktes is die tweede dogter ... 48
Vuur en die 'Nu-Fees ... 51
Opgeefsel of Lugspieëling ... 55
Waters is die jongste dogter ... 59
Reënbees en die bobbejaan ... 63
Groot Waterslang ... 67
Son is die kop van Danser Vuurman ... 72
Maan is die skoen van Hottentotsgot ... 77
Die sterre is kole en as ... 81
Hamerkopvoël en die paddas ... 84
Uil en die muise ... 88
Die reënboog ... 92
Hottentotsgot en die bobbejane baklei ... 96
Die meisie van die waters ... 102
Die geniepsigheid van Skilpad ... 105
Môrester is die hart van Daeraad ... 109
Aandster is die oog van Aandskemering ... 115
Dampertjie en Spuitertjie skiet met weerlig ... 120
Die diere vra om kos en water ... 126
Boesmangebede ... 130

❧

Naberig ... 135

'n Paar woorde vooraf

&

Ek het tans die eer om Deel I van my versameling van Boesmanstories die geëerde publiek aan te bied, met die hoop dat ek val in die arms van billike beoordelaars. Want om so 'n versameling byeen te bring vereis meer geriewe as waaroor ek tans beskik. Ek kan slegs aanbied wat opoffering, tyd en geduld my in die hande gestel het, daar 'n ieder oortuig is dat goeie Boesmanstorievertellers reeds baie uitgedun is.

As kind het ek vir die eerste maal in 1870 met Boesmans kennis gemaak want dit was in daardie tyd dat ek saam met my vader 'n reis deur dele van Namakwaland, deur Boesmanland en die Hantam onderneem het. Saans en ook gedurende die dag, het baie van die Boesmans by ons wavuur kom aansit om te gesels. Daar was toe nog baie van hulle wat net van die jag op die ope gronde geleef het. Vir 'n geringe vergoeding was hulle te gewillig om aan ons stories te vertel, wat ons met ope mond en ore ingedrink het.

In 1876 tot 1878 het ek met opmeting van gronde verskeie Boesmanveewagters in die Karoo ontmoet maar dit was twee jaar later wat ek regtig die saak in groter erns opgeneem het. Want dit was in 1880 tot 1883 dat ek 'n landmeterskantoor op die dorp Calvinia geopen het. Die opmetings van gronde het my weer terug na Boesmanland en Agter-Hantam gevoer, waar ek baie geleentheid gekry het om aantekeninge te maak.

Aangesien die Boesmans nie as 'n georganiseerde nasie leef nie – sonder burgerlike of kerklike ontwikkeling – is dit maklik te verstaan dat hulle oorleweringe uiteenlopend is. Om hierdie rede kan ook nie verwag word dat hulle hul stories presies eners sal vertel nie. So sal ons baie lesers vind wat sal sê: "Ek het die stories soos hier neergeskrywe, anders vertel gehoor." Ek het dus 'n storie net so neergeskrywe soos 'n Boesman dit op sy manier vertel het. Vind ek later 'n goeie verteller, dan herhaal ek die stories aan hom en vra hom wat hy daarvan af weet. Dit het my geluk om 'n paar uitstekende vertellers langs die Hartbees- en Hantamriviere te ontmoet, en wat ek hier meedeel, is mees die vrug wat ek by hulle kon insamel. Sommige van hulle was goed met die Kalahari bekend.

Ek behandel in hierdie eerste deel verhale omtrent die Boesmangodeleer (mitologie) en enige sprokies (legendes). Om die leser nie daarmee te verveel nie, gee ek vir eers 25 stories. Dan hoop ek om in Deel II "Dierestories", soos deur Boesmans vertel, mee te deel. Deel III sal ander vertellings behels. Ek stel dus voor om, net soos met die "Dierestories" deur Hottentotte, 60 sulke verhale te gee – dan sal die publiek al taamlik moeg van my wees.

Uit die Boesmanversameling sal dit duidelik blyk dat daar deeglik digterlike sin en verhewenheid van gedagtes by die Boesmans bestaan. Sommige denkbeelde is treffend in woorde uitgedruk; so sê 'n Boesman byvoorbeeld eens aan my: "Wit mens, watter nuus bring jy vir ons? Goeie en slegte tyding is nes die wind wat van ver af kom – dit bring die heerlike en slegte geure met hom saam."

Sover ek uit die verhale verstaan, bestaan onder die Boesmans geen bepaalde, uitgewerkte stelsel van godsdiensopvatting nie. Dit kan ook nie anders nie want onder hulle bestaan geen erkende priesterstand nie. Iedereen het sy eie begrip oor die mag van goeie en slegte geeste. Hulle glo dat daar eers 'n flou lig bestaan het voor die son gekom het. Die ou geslag, of voorgeslag, kon hul verander net soos hulle wou. Die son, maan en sterre word tesame met die hottentotsgot ('n sprinkaansoort) vereer. Die bestaan van denkbeeldige diere (geeste) word erken en hulde toegebring. So word reën deur die reënbees gemaak, fonteinwaters deur die groot waterslang met die steen op sy kop, wind word deur 'n voël gemaak, ensovoorts. Hulle glo in 'n opstanding van die afgestorwenes en glo dat die dood later deur 'n haas in die wêreld gekom het. Hulle begrip van opstanding ontleen hul aan die maan, wat iedere maand sterf en herleef.

Met die skryf van hierdie Boesmanstories het ek die gedagtes van die Boesmans in my eie woorde vertolk want as daar 'n nasie is wat omslagtig in sy manier van vertel is, dan is dit seker 'n Boesman. Hy kan een en dieselfde ding oor en oor herhaal, wat vir die wetenskaplike ondersoeker van belang mag wees maar voorwaar glad nie vir gewone lesers nie. Daarom het ek 'n eenvoudige taal gekies om die stories in te vertel.

In Europa en Amerika word tot nog vrugtelose pogings aangewend om gewilde en ingrypende "Dierestories" te skrywe. Hier in Suid-Afrika het die Hottentotte en Boesmans dié reeds vir ons eeue gelede uitgewerk. Al wat ons hoef te doen, is om die ryk oes in te samel. Maar in plaas van dit te doen, is dit ou nuus vir ons en so nou en dan verskyn daar 'n storie in 'n koerant of tydskrif, terwyl die gros aan die golwe van verslindende tyd oorgelaat word om spoedig die versluierde diepte in te stort – waarvoor ons nageslag ons nie dankie sal sê nie.

Die skrywer
Hendrina
via Estantia-stasie, Transvaal.
21 Augustus 1918

Hoe Boesmans stories vertel

☙

Hierdie verhaal is nie juis 'n Boesmanstorie nie maar ons kan die stories beter verstaan as ons met die omgewing en die omstandighede waarin dit vertel word, bekend is. In hierdie geval verbeel ons ons dat ons met ons ouers en die vee daar ver in Boesmanland in die trekveld langs 'n kolk water is. Ons trek bestaan uit 'n tentwa, waarnaas 'n groot gerieflike matjiesgoedhuis staan. Die huis lyk net soos 'n groot miershoop van agt of tien voet hoog, die geboë raamwerk is met matjiesgoedmatte oordek. In die dag is die huis lekker koel; as dit reën, dan swel die matjiesgoed en word dit potdig.

Kort voor sononder roep ons pa: "Toe kinders, daar kom die vee werf toe, loop help met die boklammers!"

Dit was glad nie nodig om dit aan ons te sê nie want ons is reeds op 'n draf na die vee se lêplek toe. 'n Bok is mos 'n snaakse dier – die ma hou haar onnosel asof sy nie haar eie lam ken nie. Sy hol van die een lam na die ander en die lammers weer, hol van die een ooi na die ander – en moenie praat van die geblêr wat intussen plaasvind nie. Ons ou Bamboes maak nooit met 'n lammetjie fout nie, daarvoor is hy te oplettend; en as ons 'n fout gemaak het, dan gryp hy die lam uit ons hande en sê: "Maskas, kinders, julle sien dan al aande die lammers en julle ken hulle nog nie? Is julle net so dom soos die bokke?"

Ou Bamboes se vrou is ook by en dit neem nie te lank nie of ieder lam het sy moeder en ons stap gesels-gesels terug na die wa toe.

Nou begin Bamboes by ons te pamperlang en sê: "Toe julle, toe tog, asseblief, vra tog aan julle pa om vir my en my ou vrou 'n stukkie twak te au (gee)."

Ons hol vooruit wa toe en vra vir Pa, wat net van die beeste af kom, net soos ou Bamboes ons dit voorgesê het.

Waarop Pa antwoord: "Is dit al weer so? Sê julle vir ou Bamboes en sy vrou die tabak groei nie op my rug nie. Hulle moet stadig-stadig, die tabak is amper op."

Maar tog, Pa gee vir ieder 'n span tabak en sluit die tabakrol weer in die wakis toe.

Blyhartig hol ons die twee ou mense tegemoet en oorhandig die kosbaarheid aan hulle. Dadelik is daar 'n gesoek na die knipmes, ieder sny 'n slaaitjie (pruimpie) af, wat verder aan die sorg van hulle kieste toevertrou word. Die orige word nou nes goud bewaar. Hierop sê ou Bamboes: "Wag nou, my kinders, nou sal ek vir julle weer gaan vertel van die gedoentes wat die ou volk gehad het."

Hulle twee stap saam na die kookskerm toe, wat net 'n paar tree van die matjiesgoedhuis af staan. Ons gaan om die vuur op ons houtblokke en veldstoeltjies sit. Bamboes en sy vrou skuif elk 'n klip onder hulle in en plak hul daarop neer. Ons ouers sit binne om 'n tafeltjie met ander reisigers en gesels. Nou is ons net in ons glorie.

Die kookskerm is 'n ronde kraaltjie met 'n heining van bossies om. Bo is dit oop, sodat ons die sterre deur die stygende hitte kan sien dans; tussen ons flikker die gesellige aandvuurtjie.

Ons word al ongeduldig dat Bamboes so 'n lang tyd gebruik om die pruimpie op die regte plek in sy kieste te plaas, daarom maan ons hom uit die staanspoor: "Toe dan, ou Bamboes, vertel ons die stories wat jy ons belowe het."

Dan val hy weg: "My kinders, nou gaan ek julle van hoeka se dinge vertel. In daardie dae het die wit mense nog nie in hierdie land gewoon nie. Om julle die waarheid te sê: Ek weet nie of daar toe al wit mense was nie, want vandag se Boesmans, hulle ouers se ouers se ouers was toe nog nie daar nie. Die son, die maan en die sterre het toe maar eers in daardie dae gekom. Nou moet julle weet: Dis nie van gister en eergister se dinge wat ek julle gaan vertel nie, ek praat van die donker dae …"

Hier val een van ons hom in die rede en vra: "Maar, Bamboes, wanneer het die son, die maan en die sterre dan gekom?"

Gou is die antwoord daar: "Wag nou, ek sal julle aanstons in die gouheid alles vertel. Wag tot ek daar kom. Julle moet reken dat ek nie soveel tonge as tande het om alles tegelyk te kan vertel nie – julle moet my tyd gee. Ja, in daardie dae het glad 'n ander soort Boesman gelewe as nou. Dit was vir hulle maar net 'n oogknip se werk om hulle in diere te verander. Daarom is baie van die diere wat julle nou nog sien, niks anders as ou Boesmans van daardie tyd nie – hulle loop nou in gedaantes van diere rond."

Hier las sy vrou 'n woordjie in en sê: "My kinders, julle moet verstaan, die ou Boesmans het toe baie meer hulle kinders moes oppas as nou, anders vang daardie ou toornaars gou-gou die kinders. Hulle was nie so slim soos ons mense vandag nie; maar die goeters kon so gevaarlik getoor het."

Ou Bamboes vat weer die woord en vertel: "Ja, in daardie

dae sien jy miskien 'n mens staan, jy loop soontoe. As jy daar kom, staan daar 'n boom vol heerlike vrugte en die man is skoonveld weg. As jy van die vrugte wil pluk, dan weg is daardie boom en jy kyk in die tande van 'n leeu. Nou stap jy bang-bang agteruit, agteruit, om weg van daardie gevaarlike ding te kom. Hy verander hom meteens in 'n springbok, wat dan plesierig rondom jou kom staan en pronk. Meteens is hy 'n hasie, wat ewe lief in jou arms kom sit om jou hande te lek. So het die ou geslag gemaak, net soos hulle lekker kry – die een dag is hulle dit en die ander dag weer iets anders. Hulle was toe net plesierig en vol pret.

"Julle sê dis nie lekker dae daardie nie; wel ek sê: Gevaarlik of nie gevaarlik nie, trawal of nie trawal nie, traak my of traak my nie – dis algar dinge voor ons tyd, waarmee ons nou niks te doen het nie. Wil julle my kom vertel dat die visse in die koue water dit swaarder het as die koggelmander op die warm sand? Of dat die skilpad in die reën op die grond dit natter kry as die voëls daarbo tussen die nat takke? Nee, dis hulle geaardheid en hulle is tevrede daarmee."

Nou begin ou Bamboes ons een storie na die ander te vertel. Nou en dan las sy vrou 'n woord tussenin en het baie te vertel wat haar ma, haar ouma, haar tantes en ander ou vroue haar vertel het. Haar stories is net so mooi en net so boeiend as dié van Bamboes, want sommige Boesmanvroue is net sulke uitstekende storievertellers as hulle mans.

Dis wonderlik hoe naby 'n Boesman aan die vuur kan sit sonder dat die hitte hom skroei. Die lekkerste sit van hom is as die rook so onder sy ken in speel: Hy draai dan met 'n kreun en steun die kop opsy na die kant van waar die wind kom en hy kom klaar. Sy oë traan nie van rook nie.

As hy uitroep "Hiert!", dan weet ons dat 'n rooi jagspinnekop tussen ons deur 'n s maak. Ons spring op en roep uit: "Waar's hy, waar's hy?" Maar die Boesmans bly bedaard sit. As 'n skerpioen uit 'n dik stomp kruip, dan vat hy 'n stomp vuur en druk dit daarmee sonder erg dood. Die ander goggas trap hy eenvoudig met sy strykystervoet dood. En die wipmiertjies, wat teen sy bene op hardloop? Ag nee, dis maar niks nie! Hy klap hulle met die hand dood. Verder sit hy perdgerus en steur hom aan niks nie.

Teen hierdie tyd hoor ons Pa uit die matjiesgoedhuis roep: "Ou Bamboes, ek hoor die skape blêr, hulle trek. Toe, loop keer hulle weer terug lêplek toe." En tot ons roep hy: "Toe, kinders, bring die waswater en kom was. Ons wag om te eet!"

Ná ete word daar boekegevat en daarna gaan ons bed toe, met die soet voorsmaak van môreaand weer met die lammertjies help en daarna weer stories te hoor, want tuis op die plaas is dit neusie verby met ons, dan is ons met iets anders besig.

※

Nag en Duisternis
en hulle drie dogters

&

Uit hierdie storie blyk dit dat die Boesmans wel deeglik oortuig was dat alles uit duisternis gebore is: Dit was eers aand gewees en toe môre gewees. Die ou man wat ons die stories vertel het, het altyd die Boesmanwoorde "'ga" en "'gagen" in plaas van nag en duisternis gebruik. En die hottentotsgot het hy "'kaggen" genoem.

In die ou dae was daar net 'n skemering – net soos op 'n donker onweersdag. Dit was koud en die son, maan en sterre het toe nog nie geskyn nie. Ou 'Ga (Nag) en sy ou vrou 'Gagen (Duisternis) het in 'n klipspelonk gewoon. Hulle het nie seuns gehad nie, maar drie dogters.

Toe die drie dogters groot is, neem die moeder klein skilpadjies, haal die vleis daaruit, boor gaatjies aan die voorpunte van die doppies en gooi klein klippies daarin om 'n geraas te maak as die doppies geskud word. Sy snoer die doppies in met 'n riempie van bobbejaanvel en hang die snoer om die nek van haar oudste dogter. Sy verbied die dogter om die snoer van haar nek af te haal, anders sal die kos in haar omgewing opraak.

Toe neem die moeder klein kalbasdoppies, maak die doppies skoon, gooi saadjies van bessies daarin, snoer dit in 'n toutjie, gemaak van die binnebas van 'n boom, en hang die snoer met klein kalbassies om die nek van haar tweede dogter. Sy verbied ook hierdie dogter om die snoer van haar nek af te haal, anders sal die veldkos in haar omgewing tot niet raak.

Daarna neem die moeder die ore van springbokke, slag die buitenste harige vel daarvan af, neem die binneste wit pit van die ore, maak daarvan klein blasies en gooi droë sand daarin om die sakkies mooi te laat droog. Toe die sakkies droog is, gooi sy die harde korrels wat in springbokoë is daarin, om 'n geraas te maak. Sy ryg die blasies in met 'n toutjie van springboksenings en hang die snoer om die nek van die jongste dogter, met die bevel om dit nie af te haal nie.

Toe roep die vader en moeder die drie dogters om voor die mense te kom dans om te sien hoe mooi hulle kan dans en om te luister hoe pragtig die snoere om hulle nekke raas.

Baie mense het van ver gekom om na die pragtige danse van die drie vroue te kyk en het hulle baie verwonder. Maar die jonkmans was maar versigtig vir die drie vroue, omdat hulle die drie dansers as toorhekse beskou het. Daaroor het die drie hulle nie erg bekommer nie, want hulle was gelukkig waar hulle was.

Die gogga wat ons die hottentotsgot en die Boesmans "'kaggen" noem en nes 'n lang, plat sprinkaan lyk en sy dik voorpote saamhou asof hy bid – wel, daardie hottentotsgot het op 'n bossie gesit en kyk en luister hoe die drie jong vroue dans. Om beter te kan sien en luister, verander hy hom in 'n groot wilde bok en kom toe nader en kyk met nuuskierige oë na die dansers.

Die ou vader gryp toe sy pylkoker en boog en bekruip die groot bok. Hy skiet en skiet, maar elke slag is dit mis.

Hy kruip toe weer nader, vat goed korrel en toe tref hy die bok. Die bok hol 'n entjie weg en val dood neer – of liewers gesê: Hy hou hom dood.

Daarna stap die vader en moeder met die dogters nader om die bok af te slag. Ná hulle hom afgeslag het, sny die vader die bok in kwarte. Hy vat 'n agterkwart en die vel en dra dié; sy vrou dra die ander agterkwart en binnegoed; die oudste dogter vat 'n voorkwart en dra dit; die tweede dogter dra die ander voorkwart, terwyl die jongste dogter die kop met die rugstring daaraan dra.

Die kop begin toe met die jongste dogter praat en vra waarom hulle hom so seer moet maak. Die kop knip sy oë en steun erg pynlik.

Die jongste dogter roep uit: "Pa, die bok se kop leef nog – hoor hoe praat hy met my en hoor hoe steun hy!"

Die ander draers steur hulle nie aan die praatjies van die jongste suster nie.

Weer roep die jongste dogter: "Pa, dis regtig waar, die bok se kop leef nog, hoor hoe hy praat en steun. Kyk, hy knip sy oë."

Die draers stap voort en neem geen notisie van haar nie.

Maar toe sy vir die derde keer roep en sê: "Pa, ek smyt net nou die bok se kop met rugstring en al weg. Hoor hoe praat en kreun hy en kyk hoe knip hy sy oë," toe bly die draers staan om te kyk. En terwyl hulle bly staan, draai die vier kwarte hulle bo-op die koppe van die draers om. Van skrik sit die draers die kwarte op bossies neer om dié nie vol sand te laat word nie. Elke kwart draai hom weer reg, want die dorings en skerp punte van die takkies steek hulle. Toe skrik algar nog meer en staan eenkant toe.

Die een agterkwart spring op en gaan na sy plek aan die rugstring en heg hom daar vas, toe spring die ander agterkwart ook op en heg hom op sy plek vas; daarna spring die een voorkwart op en gaan na sy plek aan die rugstring toe; daarop volg die ander voorkwart en heg hom op sy plek vas. Toe kruip die ingewande in die afgeslagte bok. Die bok spring na die vel toe en die vel vou hom om die bok, net soos hy tevore was. Die bok staan weer ewe bedaard die draers en aankyk. Toe hol hy op 'n kort galoppie weg en word daarna weer Hottentotsgot, wat soos 'n lang, skraal sprinkaan lyk.

Só vind die ou vader en sy gesin uit dat 'Kaggen hulle lelik geflous het. Maar hiermee was dit nie gedaan nie.

Hottentotsgot verander drie van sy eie seuns in drie jonkmans en hy stuur hulle na die drie jong vroue toe. Die drie vroue kry net sin in die drie jong kêrels. Ieder jonkman vat een van die dogters en trou met haar.

Hulle maak toe hutte van bossies en gaan daarin woon, want daar was volop wild en veldkos – net soos hulle ma voorspel het – solank die drie dogters die snoere om hulle nekke dra.

Daar het baie ander Boesmans kom woon wat op die wild en veldkos kom jag maak het. So het daardie plek 'n plek van plesier geword.

Sonder om te twis het hulle in vrede saam gewoon, want kos en al die nodige was volop; plesier en pret het nie ontbreek nie en wat wou hulle meer hê? In een woord: Dit was 'n luilekkerland.

☙

Berge is die oudste dogter

ಬ

In hierdie storie word ons vertel omtrent die ontstaan van berge. Die verteller het die oudste suster altyd 'Kou genoem, wat "Berge" in die Boesmantaal beteken.

'Kou, die oudste dogter en haar man, die seun van Hottentotsgot, het vir hulle hutte van bossies gemaak en daarin gewoon. Sy het nooit die snoer van skilpaddoppies van haar nek afgehaal nie, daarom was daar baie skilpaaie en sy kon net soveel vang om te eet as sy wou. Sy word toe so gek na skilpadvleis dat sy glad geen lus vir ander kos kry nie – sy wou net skilpadvleis eet en niks anders nie.

Maar 'n skilpad is 'n diertjie wat stadig loop en lui is. 'Kou het ook stadig en lui geword. As sy vir haarself gaan skilpaaie haal daar naby in die veld, dan neem dit amper die hele dag vir haar om die kort entjie daarheen en terug te stap. Sy doen toe niks meer vir haar man en kind nie. Die man het eers met haar daaroor geraas en haar toe geslaan, maar hy kon net so wel met 'n skilpad, of die klippies wat in die skilpaddoppies was, geraas het. Die man moes voortaan maar alles alleen doen – ja, hy moes selfs gaan om vir haar skilpaaie te vang.

Hy het altyd gaan jag en veldkos gaan haal waarvan hy en die kind gelewe het, want hulle twee wou nie net skilpadvleis eet nie, uit vrees dat hulle ook so lui soos 'Kou sou word.

Eendag is die man weg veld toe om te gaan jag, toe kom daar 'n bobbejaan en vra aan die kind waar sy ma is, want hy wil die riempie hê waarmee die skilpaddoppies om haar nek ingesnoer is.

Die kind wou nie vertel waar sy ma is nie, toe sê die bobbejaan aan die kind dat hy daardie riempie wil hê, want dit is gemaak van die vel van sy broer en hy sê dat hy die volgende dag weer sal kom en dan sal hy die riempie met geweld van 'Kou se nek kom afpluk.

Toe die man tuiskom, vertel die kind aan hom hoe brutaal die bobbejaan was en smeek sy pa om tog die ander dag nie veld toe te gaan nie, maar tuis te bly.

Die volgende dag kom die bobbejaan net soos hy gesê het en hy herhaal sy eis. Die man gryp na sy pyl en boog en dreig om die bobbejaan te skiet as hy nie op die daad weggaan nie.

Die bobbejaan, wat ook een van die ou geslag se mense was, sê dat hy sal loop, maar waarsku 'Kou dat hy die volgende dag met 'n kommando van sy broers sal kom om die riempie te haal en dan sal hulle die hutte flenters breek. Daarop stap hy brom-brom weg.

Die man gaan toe gou veld toe om kos na die huis te

bring en hy maak hom gereed vir die aanval van die volgende dag.

Net soos hy gesê het, kom die bobbejaan die volgende dag met 'n groot geselskap van sy familie.

Hottentotsgot, vader van die man, sit die spulletjie bedaard en aankyk. Hy verander die man, wat sy seun is, in 'n groot voël en die kind verander hy in die weerklank, of eggo. Die voël vlie op en maak 'n groot wind met sy vlerke. Dit maak 'n dik stof en die weerklank maak 'n groot geraas. Toe die voël in die rondte dwarrel, ontstaan 'n vreeslike dwarrelwind, wat klippers en stukke hout rondsmyt.

Hier kry 'n bobbejaan 'n slag met 'n klip teen die kop, daar 'n ander 'n hou met 'n stuk hout en die sand en stof dwarrel so verskriklik in die oë van die bobbejane dat hulle verplig is om uitmekaar te spat en op vlug te gaan. In hulle vlug roep hulle uit: "Wag maar, ons sal 'Kou nooit met rus laat nie – op haar graf sal ons rondstap en die klippe sal ons gedurig omkrap en omrol." Maar in ieder geval stap hulle skel-skel voort.

'Kou het by die dag luier en luier geword. Sy raak toe aan die slaap en sy slaap, slaap, slaap tot vandag toe nog. Sy het in haar slaap in groot berge verander, om nooit weer wakker te word nie.

Toe die bobbejane sien hoe 'Kou in berge verander het, was hulle bly en uit weerwraak gaan hulle op die berge rinkink, want hulle het mos gesweer dat hulle haar graf nie met rus sal laat nie en het voorspel dat hulle die klippe van haar graf gedurig sal omkeer en rondrol. En hulle maak vandag nog so en sal so maak solank daar nog 'n bobbejaan te vinde is om klippe om te rol.

'Kou die berge, is nie dood nie, maar rus in 'n ewige slaap.

Wind en Windvoël

☙

In hierdie storie word ons vertel dat die wind die gedaante van 'n voël aangeneem het en nou in 'n gat in die berge woon. Ook word die menslike gees as wind voorgestel: Dieselfde geloof het sekere ander kulture ook, wat wind en gees met die een woord, "umoya", uitdruk.

'Kou, die oudste van die drie dogters, is in die berge verander. Haar man, die seun van Hottentotsgot, is verander in 'n voël, of windvoël. Windvoël gaan woon toe in 'n gat in 'n klipkrans in die berge. Niemand word aangeraai om naby die gat waarin die wind woon, te gaan nie. In dié gat is 'n groot gedruis. Sodra iemand naby die gat kom, dan waai daar 'n geweldige wind uit, wat daardie een teen die grond smyt, om sy oë met sand en stof te vul. Of anders laat dwarrel die dwarrelwind daardie een op, op, op in die lug, dra hom ver weg en laat hom bo uit die lug val. Dan gaan die kwaad gemaakte wind rond en waai al die hutte waarin die ander mense woon, aan flenters en voer die bossies, matte of velle daarvan ver weg, dat die eienaars dit nie gou weer kan kry nie. So pasop om Wind kwaad te maak, of om te naby sy huis te gaan.

Wind was eers 'n mens, 'n man uit die ou geslag. Hy het

eers op sy voete rondgeloop net soos die ander mense; toe was hy stil en het hy met hulle saamgespeel en gejag. Hy het met kieries en klippe gegooi, of hy het met pyl en boog geskiet. Hy het gesing en gedans nes die ander mense.

Maar toe hy 'n voël word, het hy nie meer geloop nie, net gevlie om sy kos te soek.

As hy stadig met sy vlerke klap, dan blaas die wind saggies; as hy vinniger klap, dan waai die wind sterk; maar as Windvoël hom op die grond gaan platgooi, om met sy voete te skop en krap en dan met sy vlerke woes die sand en stof opklop, dan trek die banke stof, die bome buig en kraak en die lugstroom smyt alles omver waarmee dit in aanraking kom. Die Boesmans sê: Die wind waai sterk as Windvoël sit.

Wanneer Windvoël 'n dwarrelwind wil laat opkom, dan staan hy met sy pote op die grond, krap die grond los en draai vinnig met sy oop vlerke in die rondte. Dan kan 'n mens 'n pilaar stof in die lug sien optrek en ronddraai.

As die mense Windvoël kwaad gemaak het, dan klap hy vir dae agtereen met sy vlerke om die wind ver oor berge, vlaktes en seewaters te stuur. Maar het die mense hom met rus gelaat, dan keer hy terug na die gat waar hy woon en gaan slaap tot iemand hom weer irriteer, of skrikmaak. So, pasop! Moenie vir Windvoël skrikmaak nie.

Windvoël stuur ook sy wind tot binne-in die mense en diere. Neem hy die wind van 'n mens of dier weg, sterf so een en dan sal daar nooit weer asem in die mond en neus van daardie een kom nie. Die wind is die gees wat in die mense woon.

Iemand moet oppas dat hy nooit die naam van Windvoël noem nie – vernaamlik as Windvoël naby is, want hy wil nie dat iemand sommer sleg van hom praat nie.

Daar was eendag twee opgegroeide kinders wat oor Windvoël gesit en gesels het. Die voël kom sit daar naby en luister na alles. Een van hulle sien die voël sit, vat sy boog en skiet na die voël. Die ander vat 'n kierie en klippe en gooi dit na die voël. Maar geeneen van hulle kon vir Windvoël raak nie. Windvoël bly sit tot hulle ophou oor hom gesels en toe eers vlie hy weg.

Maar wat gebeur toe?

Windvoël laat eers 'n donker stof in die verte aankom. Daardie stof peil reguit af op die twee kinders. Die dwarrelwind gryp die twee, laat hulle eers op hul koppe staan en draai hulle nes tolle in die rondte. Daarop los die wind hulle, waarop die twee die vlug neem. Die wind agtervolg hulle en dryf hulle met woede voort. Hulle vlug agter bome in, maar die wind breek die boomtakke bo hul koppe, sodat hulle lewe in gevaar kom. Hulle moet weer vlug en skuiling agter rotse gaan soek. Maar toe waai die wind om die rotse heen en smyt sand en klippies in hul gesigte. Dus moes hulle weer vlug. Hulle hol toe na 'n klipspelonk en kon gelukkig daarin kruip. Maar die wind waai so geweldig in die klipgrot dat die twee nouliks asem kon kry – hulle het amper versmoor.

Die twee moeders sien toe dat hulle twee kinders in groot gevaar verkeer en weet sommer dat die kinders die wind kwaad gemaak het. Hulle neem bossies wat 'n aangename reuk gee as dit gebrand word en hulle brand dié; ook neem hulle fyn boegoe en strooi dit in die wind wat net waai in die rigting van die kinders en wat nie waai waar die ander mense staan en sit nie. Windvoël kry toe die aangename geur en bedaar. Ook het die moeders deur sang en musiek die wind weer gekalmeer en in 'n gemoedelike stemming gebring.

En toe eers kon die kinders uit die klipgrot kom.

Daarop vertel hulle moeders hulle dat Wind net soos 'n hond is: Noem jy sy naam, dan luister hy; praat jy mooi met die hond, dan kwispel hy sy stert. Maar spreek jy daardie hond kwaai aan en gooi jy hom met klippe, of slaan hom, dan knor hy en vlie jou in.

Van toe af weet die mense om nie roekeloos met Wind om te gaan nie en om hom te respekteer.

Weerklank of Eggo

ಐ

In hierdie storie word die weerklank voorgestel as 'n gees wat mense bedrieg, bespot en weglok.

Weerklank of Eggo, is die dogter van Berge – haar pa is Wind, wat deur sy dogter spreek. Sy is 'n spotter, wat van korswel nooit moeg word nie. Die een wat sy uitkoggel, sal moeg en kwaad word, maar Weerklank nooit nie! Hoe meer iemand lag of huil, sing of skel, hoe mooier is dit vir haar. As sy alleen is, praat sy – sonder om een woord uit te laat – alles na wat 'n ander persoon sê.

Sy woon by haar ma in die berge. In die diep klowe waar klipkranse en afgronde is, is sy altyd te vinde. Ofskoon sy lank kan stilbly en nooit uit haar eie gesels nie, slaap sy nooit nie, want as iemand roep, dan gee sy dadelik antwoord. Sy is altyd wakker.

Die man wat eerste musiek uitgevind het, se naam is Speelman. Hy het vir hom verskillende trompetters van wildhorings gemaak. Van fluitjiesriet het hy fluite gemaak. Snaarinstrumente het hy van die snare van wildderms gemaak. Nie eens 'n tamboer het makeer nie. Hy het 'n pot geneem en 'n springbokvel daaroor getrek, waarvan die hare verwyder was. Speelman kon o, so mooi sing en speel. Hy het iemand gesoek wat ook net so pragtig kon sing en speel soos hy, maar hy kon die persoon nie vind nie.

Die mense vertel hom toe dat daar in die klowe so 'n mooi jong vrou woon, wat net so mooi kan sing en speel. Haar naam is Weerklank – ander noem haar Eggo.

Speelman stap toe na daardie klowe in die berge toe. Hy begin op sy wildhoring blaas en toe hy antwoord kry, begin hy sing. Hy is verwonderd toe hy hoor dat Eggo nog mooier as hy kan sing. 'n Eggo klink altyd mooier as die stem wat dit weerkaats.

Hy roep: "Waar is jy?"

Die antwoord kom: "Waar is jy?"

Hy roep: "Hier is ek; kom jy hiernatoe!"

Eggo antwoord: "Hier is ek; kom jy hiernatoe!"

Speelman staan op en loop daarnatoe terwyl hy op sy ramkie speel. Maar toe hy nader aan die plek kom, verplaas die klank haar en gee antwoord van glad 'n ander krans af. Die musiek van die weerklank is vir hom te mooi.

Hy roep: "Waarheen loop jy nou? Wag, ek kom na jou toe!"

Sy roep: "Waarheen loop jy nou? Wag, ek kom na jou toe!"

Hy gaan sit en wag en hou aan sing en speel. Maar nou hoor Speelman dat die stem van meer as een plek kom. Dit maak hom nog meer nuuskierig en ongeduldig. En wat sy nuuskierigheid en geduld op die proef stel, is dat die stemme nie nader kom nie, maar bly waar dit is.

Nou weet hy glad nie hoe hy dit het nie.

Hy begin toe agter die lokstemme aanstap. Hoe nader hy kom, hoe verder uitmekaar gaan die stemme – dan hoor hy een stem, dan twee, dan drie en dan meer. Hy gee nie moed op nie en hou aan stap. Hy dwaal toe so ver weg tussen die klowe en gebergtes, dat hy eindelik in die gramadoelas* te lande kom en daar verdwaal.

Wel, in sulke gramadoelas het Speelman te lande gekom. Stemme ontbreek nou nie. Eggo laat haar steeds hoor, maar aan die gebrul van leeus, gehuil van wolwe, getjank van jakkalse en geblaf van bobbejane ontbreek dit nie – om nie eens van die ge"hoe-hoe" van uile te praat nie.

Vir die eerste maal voel Speelman in 'n benarde toestand. Hy maak toe plan om terug te keer.

Maar watter kant toe nou?

Hy begin dwaal en verdwaal toe. Eerste kom hy 'n trop bobbejane teë. Die ou voorman vra aan Speelman wat hy op hulle terrein kom soek. Die bobbejaanwyfies roep uit: "Sny sy bene af en gee dié aan ons, dat ons ook kan regop loop!"

Die bobbejaankinders roep uit: "Sny sy kop af, dat ons daarmee bal-bal kan speel, want dit lyk of dit nie kan breek nie!"

Versigtig stap Speelman agteruit tot hy by 'n boom kom en so vinnig soos 'n kat klim hy daarin. Die voormanne

---

* Die woord "gramadoelas" is 'n Afrikaanse woord, wat beteken 'n aaneengeskakelde, woeste en onbewoonde gebergte, waar 'n mens net koppe, rante, klowe, kranse, afgronde en houtbosse sien, wat alles met 'n kristalblou hemelgewelf oordek is.

van die bobbejane storm die boom. Speelman vat sy groot wildhoring en blaas so hard daarop dat die klowe daarvan weergalm. Die bobbejaankinders sit 'n keel op, hol weg en skree dat die berge wil vergaan. Die bobbejaanwyfies vlug agter hulle kinders aan en al die ander volg en spaander die rant oor.

Toe klim Speelman uit die boom en vlug. Hy baan sy weg deur tiere, wolwe en jakkalse, wat algar dreig om hom te verskeur. Maar geeneen durf aan hom vat as hy op sy musiekinstrumente blaas of speel nie.

Moeg, honger en dors gaan hy sit en rus, maar ongelukkig raak hy aan die slaap. Toe hy wakker skrik, het 'n leeu hom aan sy toegedraaide karos beet. Speelman hou asem op en maak of hy dood is.

Die leeu dra hom weg om hom aan sy kinders te gee. Maar die leeu word moeg van dra en gaan toe rus. Hy lê Speelman op die grond neer, maar kyk eers goed of hy regtig dood is. Daarop gaan die leeu op 'n kort afstand agter 'n klip staan en loer om die hoekie of Speelman nie roer nie. Speelman draai wel sy kop effe om te kyk wat die leeu nou wil maak. Die leeu kom terug en draai Speelman se kop weer soos dit gelê het en hy gaan toe weer agter daardie groot rots staan en loer – want dis die ou gewoonte van leeus om so iets te doen om uit te vind of die prooi regtig dood is.

Speelman draai toe sy kop effens, net dat hy met een oog kan sien wat die leeu se plan is.

Die leeu stap verder en staan weer bo-oor 'n rantjie en loer. Hy stap weg, maar kom dadelik terug om te loer. Speelman lê nog stil. Maar toe die leeu verdwyn en lank nie kom kyk nie, spring Speelman op, klouter 'n steil krans uit en verdwyn aan die ander kant van die rantjie. Toe die leeu met sy kinders terugkom, is Speelman weg.

Die leeu kon die spore van Speelman oor die steil kranse nie volg nie en só het Speelman vrygekom.

Nadat hy lank rondgedwaal het, het Speelman sy huis bereik.

Op hierdie manier het Weerklank baie mense wat nie haar eggo ken nie, verlei en hulle nes blindes laat ronddwaal en verdwaal tot iemand die verdwaaldes weer reghelp.

ങ

Vlaktes is die tweede dogter

❧

In hierdie storie word ons vertel hoe grond en die vlaktes ontstaan het. Ons ou verteller het die grond altyd "'kaun" genoem – dis so na as wat ons die uitspraak kan opskryf, want byna iedere Boesmanwoord word met 'n klik van die tong uitgespreek en daarby kom nog so baie ander klanke, waarvoor ons ABC nie toereikend is nie.

Die tweede dogter van 'Ga en 'Gagen het saam met haar man in hutte van matjiesgoed gaan woon, want sy was baie knap met matte maak. Die betowerende invloed van die snoer kalbassies wat om haar nek hang, het baie soorte plante en vrugte in haar omgewing laat groei: Daar was dus baie matjiesgoed om matte van te maak.

Die snoer van kalbassies het gemaak dat 'Kaun, die tweede dogter, glad nie vir vleis lus geword het nie. Om haar heen in die veld het 'n oorvloed eetbare veldvrugte en veldwortels gegroei, sodat sy nie ver hoef te gaan om genoeg kos te kry nie. Dit het haar ook lui gemaak, sodat sy, nes haar oudste suster, naderhand niks meer wou doen nie. Haar man moes toe ook vir alles sorg. Hy het aldag gaan jag en het genoeg wildsvleis vir hom en hulle kind gebring, maar vir 'Kaun moes hy altyd net veldkos bring.

Eendag, toe die man weg is om vir hulle kos te gaan soek, kom daar 'n boom wat aan die kind vra waar sy ma 'Kaun is. Hy sê dat 'Kaun 'n snoer kalbassies om haar nek dra, waarvan die toutjie waarmee dit vasgeknoop is, van die binneste bas van die stam van sy broer gemaak is en nou wil die kaal plek aan die stam vrot en sy broer wil doodgaan. Hy eis die toutjie om die kaal plek aan die stam mee te gaan regdokter.

Die kind wil nie vertel waar sy ma is nie, toe sê die boom, wat ook een van die mense van die ou geslag is, dat hy die volgende dag met 'n hele houtbos van bome sal kom om die toutjie van 'Kaun se nek af te skeur.

Toe die vader tuiskom, vertel die seun alles wat die boom gesê het aan sy pa. Hy soebat sy pa om tog nie die volgende dag van die huis af weg te gaan nie, want sy ma is bang.

Die man stap gou weer veld toe om baie kos vir die volgende dag te gaan haal, sodat hulle nie nodig sal hê om honger te ly as die bome hulle op een plek vaskeer nie.

Die volgende dag kom 'n hele houtbos aan saam met die boom en hulle eis weer die toutjie waarmee die kalbassies om 'Kaun se nek gebind is. Die man weier en die bome word met 'n groot gedruis en 'n lawaai opstandig.

Hottentotsgot, wat daar naby aan 'n takkie sit, aanskou en luister na alles wat daar gebeur. Hy verander toe die man, wat sy eie seun is, in 'n groot vuur en die kind verander hy in 'n opgeefsel, of lugspieëling. Die bome word toe bang vir die geweldige vlamme van die vuur en hulle laat spaander die veld in. En die opgeefsel, wat bokant die vlamme dans, tesame met die rook, laat die vuur nog afgrysliker lyk, sodat die bome nooit weer oor daardie toutjie gemaak van die binnebas, kom pla het nie.

In hulle vlug roep die bome terug dat hulle vir 'Kaun nooit met rus sal laat nie. Hulle sal op haar graf kom trap en hulle wortels diep in die graf laat ingroei.

'Kaun word by die dag luier en wil niks anders doen as net slaap nie. Sy kry 'n pyn om haar hals en toe sy wakker skrik van die pyn het die pitjies en saadjies, wat in die kalbassies is om geraas te maak, hulle wortels deur haar nek in haar lyf laat ingroei. Niemand kon toe meer iets hieraan doen nie. 'Kaun het aan die slaap geraak en in die vlaktes verander en sy slaap, slaap, slaap vandag nog voort. Die bome, tesame met bossies en gras, groei orals oor die vlaktes, want hulle het gesê dat hulle die graf van 'Kaun nie sal respekteer nie. Daarom dring die wortels van bome tot vandag toe nog so graag 'n toegedekte graf binne om hulle om die doodsbeendere te vleg.

'Kaun, die vlaktes, is nie dood nie, maar slaap net. Die bome, bossies en gras groei daarop en put gedurig krag daaruit, maar vir Vlaktes heeltemal dood kry, is min! Solank daar 'n wêreld is, sal daar Vlaktes wees. En solank daar Vlaktes is, sal bome, bossies en gras daarop groei.

Gedurig werp die veldgewasse hulle sade op die gronde en die sade ontkiem en groei, net soos die pitjies wat in die kalbassies was en stuur hulle wortels tot diep in die hals van die aarde, naamlik in die hals van 'Kaun.

༺ ༻

Vuur en die 'Nu-fees

☙

> *In hierdie storie word die doen en late van vuur beskryf. Ons ou verteller het die vuur altyd "Danser" genoem, omdat 'n vlam sonder ophou aan die dans bly. Die instelling van die 'Nu-fees word verklaar.*

Die vuur se naam is Danser, maar sy vrou 'Kaun, is verander in Vlaktes. Vuur is die seun van Hottentotsgot en het eers nes 'n mens rondgeloop, gejag en gespeel. Nou is hy Vuur, wat niemand sal kwaad doen nie – mits 'n mens van sy lyf af bly en hom nie kwaad maak nie – dan verteer Vuur alles.

Nou nog stap Danser nes 'n mens rond, maar meestal kan 'n mens hom nie sien nie. Hy maak ook net soos sy broer Wind: Hy kruip orals in. Slaan 'n mens klippe teen mekaar, dan spat daar vuur uit. Vrywe 'n mens houtjies teen mekaar, dan ontvlam die hout. Ook uit die lug kom die weerligvuur! Ja, Vuur het ook in mense en diere ingekruip – al sien ons Vuur nie in ons of in die diere nie, is hy tog daar. Want gaan hy uit die mense of diere, dan word hulle vleis koud en hulle sterf.

Vuur sit ook in die plante, want as ons vuur maak, dan kom die vuur wat in die plante sit, te voorskyn.

Maar Danser is nog altyd kwaad vir die bome, omdat hulle met sy vrou Vlaktes baklei het en omdat hulle nou nog met hul wortels in die lyf van sy vrou vasgroei. Daarom brand Danser nog altyd die hout van bome, ook die gras en bossies ontsien hy nie.

Wanneer Danser as 'n mens rondstap, is daar groot lig en warmte op die plek waar hy loop. Die ander mense is dan bly om naby hom te wees, want in daardie dae het die son, maan en sterre nog nie geskyn nie en dit was taamlik skemer – net soos in swaarbewolkte dae wanneer mens nie goed kan sien nie. Maar Danser se kop het vir hom genoeg lig gegee om orals goed te kan sien. Hy het nooit oor koue gekla nie.

Danser het 'n slegte humeur gehad en wou glad nie geterg word nie. Vat iemand aan hom, dan byt Danser daardie vrypostige een. Maar bly ons vriende met hom, dan bly hy binne ons om ons warm te maak. Hy maak ons warm langs die vuur en gee ons lig as hy voor ons kom dans. Hy is selfs gewillig om ons kos gaar te maak – dan is hy ewe plesierig as ons hom genoeg hout gee om mee te baklei. Hoe meer hout, hoe plesieriger is hy.

By 'n sekere geleentheid was daar baie wild en veldkos. Die mense van daardie tyd het toe groot fees gevier. Baie mense het na daardie fees en dans gekom. Aan pret en kos het dit nie ontbreek nie.

Danser was ook daar, maar aangesien hy nie lig aan sy lyf vertoon het nie, het niemand hom as Vuurman herken nie. Maar ná hulle 'n rukkie geëet en gedans het, sê hy dat hy die mense sal leer om vuur te maak. Hy neem toe 'n sagte houtjie en maak 'n holte daarin, lê die houtjie op die grond en gooi die skaafseltjies in die holte. Toe vat hy fyngevryfde grassies en lê dit langs die houtjie. Hy vat toe 'n dunner en harder stokkie en draai dit tussen sy twee plat hande vinnig regop rond. Die skaafseltjies vat vlam en daarop begin die fyn grassies ook vlam vat. Hy blaas dit aan en toe ontstaan daar 'n vuurtjie. Hy lê fyn houtjies op die brandende gras, toe weer dikker hout en daar bo-op dik stompe. En spoedig brand 'n tamaai groot vuur.

Die mense was verstom. Hulle sing en dans om daardie vuur, wat so baie lig en warmte gee. Daarop trek Danser 'n wye kring om die vuur en sê dat hulle die kos binne daardie kring moet bring om te braai. Want voor daardie tyd het algar die kos rou geëet, nes die leeu, tier, wolf, jakkals en hond vandag nog doen, want hierdie diere is ook mos mense van die ou geslag wat hulle in diere verander het.

Die mense proe toe dat gebraaide vleis lekkerder as rou vleis smaak. Van daardie dag af word kos gebraai en gekook.

Buite om die ring waarin die vleis gebraai word, trek Danser 'n tweede ring, sodat die mense tussen die braairing en die tweede ring moet dans, sing en musiek maak. Buite daardie twee ringe is die buitewêreld waarin 'n mens net alles kan doen wat hy wil.

Toe is die vrolikheid groot en uitbundig. Die vroue klap hande, sing en slaan op tamboere; enkele mans speel musiek, terwyl die ander mans dans dat die stof so trek. In die dans buig en knik hulle grappig met hul koppe vir die vroue, wat dit alles met vrolike gelag begroet.

Algar is onder 'n stofdamp, want as daar nie stof is nie, dan lyk dit ook nie of daar gedans en pret gemaak word nie. Die plesier en vrolikheid het tot die volgende oggend aangehou en toe gaan hulle slaap.

Die kinders, wat nie saam gedans het nie, moes vroeg

gaan water haal, want die dansers was toe reeds baie dors omdat al die water gedurende die dansery uitgedrink is.

Van toe af word daar feeste gehou en is die 'Nu-dans ingevoer.

ცз

Opgeefsel
of Lugspieëling

Nes die weerklank, is die opgeefsel of lugspieëling, 'n spotter en verlokker van mense wat in die veld rondloop. Sy verblind die mense se oë, sodat hulle dinge sien wat glad nie bestaan nie.

Opgeefsel is die dogter van Vlaktes en van Vuur. Sy is iemand wat lekker kan spot en verlok en daarom het hulle haar die naam Antjie van die Vlaktes, of sommer kortweg, Antjie Vlaktes, gegee. Sy het getrou aan haar ouers gebly en altyd by hulle bly woon – dis daarom dat sy nog altyd bo die vlam van Vuur en op Vlaktes dans en daar ronddwaal.

Weerklank of Eggo, kan praat en gesels maar is onsigbaar, terwyl dit net andersom is met Opgeefsel: Sy kan gesien word, maar kan nie praat nie. Sy is doofstom maar tog so vol streke. Sy weet net hoe om met die mense deur drome te gesels, want sy is die moeder van drome. Bo die vlam en op die vlaktes kan sy haar goed verstaanbaar maak, want sy gee lewendige, bedrieglike beelde en is 'n woelige gees sonder rus.

By 'n sekere geleentheid – nog in die dae van ouds – is die grondgebied van die Boesmans van die ou geslag deur vreemde mense van glad 'n ander soort oorstroom. Daardie vreemdelinge was baie en sterk. Die Boesmangeslag het bang geword, want hulle kon nie hulle man teen daardie wilde mense staan nie.

Maar Antjie Vlaktes kry gou 'n plan om dit vir die wilde mense onhoudbaar te maak deur hulle in allerhande moeilikhede te laat beland. Sy vertoon haar eers as 'n mooi jong vrou. Die seun van die voorman van die wildes word verlief op haar. Hy volg haar en probeer 'n praatjie met haar aanknoop.

Sy antwoord: "As jy kan doen wat ek kan doen, dan sal ek jou neem – anders nie."

Hy willig in en sy vra hom om te dans. Sy gaan toe in die vorm van 'n flikkerlig bo die vlamme van die vuur dans. Hy ken toe nog nie vir Vuur nie. Hy wil doen wat Antjie doen, maar kom in die vlamme om. Hieroor word die wilde mense kwaad en wil toe Antjie Vlaktes en al haar mense vermoor.

Die Boesmangeslag ken al die veilige plekke en vlug daarheen en die wildes agtervolg hulle. Wanneer die wilde mense moeg word en gaan slaap, dan verskyn Antjie Vlaktes aan hulle in verskrikkende drome en verskrik hulle so dat hulle nie rus kan kry nie en van vrees die veld in vlug. Hulle is toe so bang dat hul amper nie wou gaan slaap nie. Is hulle weer in die oop veld, dan dans Antjie Vlaktes in 'n flikkerlig oor die hele veld, sodat die wilde mense niks duidelik kan uitken nie. As gees van die vlaktes besit sy 'n wonderlike toorkrag. In die verte vertoon sy haar as 'n groot pan water of 'n rivier. Langs die waters lyk dit of daar pragtige houtbosse, huise en hutte staan. Die wildes meen dat hulle Antjie en haar mense daar sal kry. Maar op pad daarheen verander die fatsoene van daardie bosse en waters op verskeie maniere. Nou lyk dit of die rante los van die grond staan; dan weer hang die bome kop ondertoe; daarop sien hulle bome in die lug – weg van die grond – groei.

Vir die vreemdes voel dit of hulle in 'n spookland is waar dinge van een fatsoen in 'n ander oorgaan. Hulle raak raadop en maak reeds plan om weer na hulle eie land terug te keer.

Toe Antjie van die Vlaktes dit gewaar, is sy bly. Sy laat die vreemdelinge algar aan die slaap raak en verskyn toe aan hulle in pragtige drome. Hulle sien o, so 'n mooi vlei, waar 'n uitgestrekte pan water is. Daar is sierlike houtbosse, groot huise en gerieflike hutte en wild in oorvloed. Hulle droom van die heerlike vrugte en lekker veldkos, sodat hulle monde begin water.

Toe die vreemdes ontwaak, vertel die een aan sy naaste hoe mooi hy gedroom het. In die vertel kyk hulle op en, ja, werklik! Daar sien hulle in die verte met hulle oë wat hulle in hul drome gesien het. Die springbokke is so groot soos bome en dit lyk of hulle op vier hoë pale in plaas van bene rondstap – wat nog te sê van die ander wild wat nog groter is!

Die voorman van die wilde mense roep toe sy mense en sê: "Kom, laat ons na daardie pragtige, lekker land stap – ons is netnou daar en dan het julle alles wat julle hart begeer. Ek het reeds in my droom al die vet wild, die heerlike veldvrugte en die lekker veldkos gesien. Daar kan ons lekker gaan plesier maak."

Hulle stap toe na daardie luilekkerland toe.

Maar vreemd genoeg, hulle stap en stap maar kom nie nader nie, terwyl alles so naby en groot lyk. Hulle hou moed en stap nog haastiger en dit lyk of hul nou-nou daar sal aankom – maar verniet.

Terwyl alles so naby en duidelik lyk, wil hulle nie omdraai nie – dit sal tog te sleg wees, dus stap hulle nog vinniger en hou vir 'n lang tyd so aan.

Eensklaps stort die hele spookverskynsel in tot niks. Die vreemdes voel hulle toe op koers na hulle eie land toe. En toe hulle opkyk, is hulle terug op hulle ou woonplekke.

Op hierdie manier het Opgeefsel haar mense verlos.

ꔷ

Waters is die jongste dogter

ঔ

In hierdie storie word ons vertel van waar die waters kom en wat watervloede kan uitrig. Die Boesmanwoord vir water is "'khwa" en só het ons ou verteller ook die jongste dogter genoem. Die Boesmans glo dat daar gloeiende weerligstene is.

Die jongste dogter 'Khwa het ook met haar man in hutte van matjiesgoedmatte gewoon. Die matte het sy van haar tweede suster Vlaktes present gekry.

'Khwa het baie verskil van haar twee ouer susters. Die snoer van springbokore om haar nek het haar so rats soos 'n springbok gemaak. En omdat 'n springbok 'n dier is wat snags nie slaap nie, het 'Khwa ook maar min geslaap. Sy was altyd aan die woel, altyd besig – dis min dat sy tot rus kom.

Die snoer van springbokore het haar 'n onweerstaanbare

lus vir springbokvleis gegee en sy het groot plesier daarin gehad om self die bokke te gaan jag. Haar man het ook self gejag en veldkos gaan soek, dus het hulle altyd volop kos vir hulle en hul kind gehad.

Sy het darem meestal tuisgebly om haar kind op te pas, maar as die man by die kind tuisbly, gaan sy veld toe.

Eendag is die kind alleen tuis toe daar 'n groot springbok aankom. Hy was ook een van die ou geslag van Boesmans. Hy eis die snoer van springbokore wat met die senings van 'n springbok om die nek van 'Khwa vasgebind is. En hy hou hom net kwaad en parmantig.

Dié kind wou ook nie sê waar sy ma is nie en vra die bok om weg te gaan; so nie, moet hy die gevolge dra.

Die springbok antwoord dat hy wel sal weggaan, maar dat hy die volgende dag met 'n trop van sy broers sal kom om 'Khwa te bestorm en dood te trap as sy nie die snoer wil afgee nie.

Dié middag toe die vader tuiskom, vertel die kind alles wat gebeur het aan sy pa en versoek sy pa om tog nie die volgende dag veld toe te gaan nie.

Die vader sorg toe vir kos vir die volgende dag, sodat hulle nie hoef honger te ly nie.

Die dag daarna sien hulle hoe die stof van die naderende springbokke uitslaan. Hulle word toe bang. Hottentotsgot, wat daar naby op 'n bossie gesit het, het dit alles aanskou. Hy verander toe die man in 'n groot os, of die waterbees, wat ook die reënbees genoem word en die kind verander hy in die groot waterslang, wat die pragtige, skitterende steen op die kop dra.

Reënbees blaas toe 'n dik misbank uit sy neus en dik swart reënwolke in die lug, waaruit 'n swaar stortbui val sodat dit donker word en daar 'n groot watervloed kom en Waterslang laat ook strome water uit die grond opborrel. Die springbokke moes toe uitswem en vlug om hulle lewe te red. Hulle het so geskrik dat springbokke van daardie dag af nog nie water drink nie.

Toe Reënbees en Waterslang na 'Khwa soek, vind hulle uit dat dit sy is wat in Waters verander het. En omdat 'Khwa min rus gehad het en altyd in beweging was, sal die waters net so wees – daarin sal altyd 'n roering en rusteloosheid wees, net soos die see vandag nog is.

Die ander mense sien toe die waters en begin daaraan proe. Hulle vind uit dat dit 'n goeie iets is om die dors mee weg te neem – van daardie tyd af drink hulle water.

Daar is ook dié wat nie van die water wil drink nie, soos die springbokke, hasies, skilpaaie en die goggas – hulle drink 'n ander soort water, wat hulle nie gou laat dors word nie. Maar net verniet: Hulle sal nooit vertel waar daardie water te vinde is nie.

'Khwa is nou die uitgebreide en rustelose Waters. In strome vloei sy na die riviere en die riviere op hulle beurt vloei in die woelige see. As reën sweef sy in wolke deur die lug. As mistige weer, wat die asem van Reënbees is, sweef sy oor die berge en vlaktes – nooit het sy rus nie. Selfs uit die grond borrel sy in fonteine op.

Waters, net soos die ander twee susters – Berge en Vlaktes – is sterk. Waters kan groot gewig meevoer en swaar goeters kan op haar drywe. Sy leef nie net bo en onder die grond nie, maar ook in mense, diere en plante. As sy uit die mense, diere en plante uitgaan, dan sterf hulle van die dors. Dus Water, Vuur (warmte) en Wind (asem) is wat mense aan die lewe hou. Hulle drie sterf nie en solank daar 'n aarde is, sal daar Water, Vuur en Wind wees.

Somtyds baklei die drie met mekaar, maar meestal werk

hulle saam. Sien die Boesmans 'n donderstorm nader, dan word gesê: "Vandag twis Water, Vuur en Wind weer met mekaar." Die wolke giet stortbuie uit, die vuur skiet donderstene en die wind dryf hulle voort totdat hulle uitbaklei het. Soms reën Waters vir Vuur dood, of Vuur verbrand Water, of Wind waai Waters droog en blaas Vuur dood. Maar mekaar uitroei, is net verniet!

Mense maak ook maar net so deurdat hulle een dag met mekaar vriendelik is en die dag daarop met mekaar kyf en twis. Die diere maak ook net so.

En dit alles kom net deur Water, Vuur en Wind wat in die mense en diere woon. Want as Water, Vuur en Wind uit die mense en diere verhuis het, sterf die mense en diere en maak dan nie meer vriendskap of rusie nie.

☙

Reënbees
en die bobbejaan

&

Die reënbees is die groot reënmaker van die Boesmans, net soos die groot waterslang die watermaker van hulle fonteine is. Die Boesmanwoord vir os is "choro".

Reënbees is die man van 'Khwa oftewel Waters. Vroeër was hy 'n mens wat rondgejag het, te voet gestap en saamgespeel en -gedans het. Nou is hy 'n bees wat hom in 'n reënbul, of in 'n reënkoei kan verander. As daar droogte is en die mense wil reën hê, dan kom hulle hom haal, lei hom rond en wys hom al die plekke waar hulle reën wil hê. Om hom in 'n goeie luim te kry, word daar om hom gedans, hande geklap en gesing. Hulle prys hom en smeek hom baie mooi om dit tog mooi te laat reën, sodat die velde kan groen word, die wild en heuningbye kan terugkom en daar baie veldvrugte, uintjies en veldkos kan kom.

Hy is mak as hulle hom nie kwaad maak nie en verander hom ook in 'n koei, sodat hulle haar melk kan drink. Waar Reënbees stap, trek 'n misdamp rondom hom want die mistige weer is sy asem wat hy uit sy neusgate blaas. Op die middag – as hy dit nie wil laat reën nie – rus hy en dan blaas hy nie die misdamp uit nie.

Eenkeer was daar droogte in die berge waar die bobbejane woon. Die voorman van die bobbejane gaan vra vir Reënbees om tog by hulle reën te kom maak. Reënbees verander homself toe in 'n koei, sodat die bobbejaan melk op die reis kan hê, want bobbejane is mos baie gek na melk.

Daardie bobbejaan was ook een van die ou geslag van Boesmans. Hy lei Reënkoei orals rond en wys waar hy die reën wil hê en net soos hy dors kry, melk hy Reënkoei en drink die melk.

Toe hy al die plekke gewys het waar dit droog is, bring hy Reënkoei weer terug. En toe begin dit orals pragtig reën, sodat die waters stroom en spoel.

In plaas van hieroor dankbaar te wees en baie dankie aan Reënkoei te sê, maak die bobbejaan haar dood – net om die melkuier te kry om dit met hom saam te neem.

Nadat hy Reënkoei doodgemaak het, kry hy 'n brandende dors en 'n knaende honger. Hy sien grasgroen karkoere (wilde waatlemoene) lê en stap daarheen om te eet en om die water daarvan te drink. Maar toe hy daaraan vat, verdroog dit en word stof.

Die honger en dors kwel hom toe erger en hy hardloop na 'n fontein toe, waar veldkos en water in oorvloed is. Net toe hy uit die fontein wil drink, verdroog dit. Hy pluk toe van die sopperige veldkos, maar alles waaraan hy vat, verdor.

Toe word die bobbejaan benoud en hy hol reguit na 'n groot kuil water. Sonder om te wag, spring hy "pardoems!" daarin. Maar weg is die water en hy val op droë grond.

Arrie, nou gaan dit moeilik, die honger vat hom straf op en die dors kwel hom so dat hy wil beswyk. Nou hol hy reguit na die ander mense toe en roep net: "Water, water!"

Die mense gee hom 'n volstruiseierdop vol water. Maar net toe hy wil drink, verdwyn die water. Hy smeek om meer. Hulle gee. Maar net wanneer hy sy lippe daaraan sit, is die water weg. Hy bid toe om kos, maar met die kos het dit glad nie anders gegaan nie.

Toe vra die mense aan die bobbejaan: "Het jy nie die Choro-koei (of Reënbees) geslag nie?"

Hy wou eers lieg, maar hy word vir die dood bang en hy antwoord: "Ek het 'n koei geslag maar ek weet nie of sy die reënkoei is nie."

Toe roep die mense uit: "Man, hol na die plek waar jy die Choro-koei geslag het en roep uit: 'Choro, Choro, word weer lewendig – net soos jy tevore was.'" Hy gaan toe en maak só.

Reënkoei spring op en staan die bobbejaan ewe treurig en aankyk – sy voel net bedroef en kroeserig.

Die bobbejaan vlie kort om, weer reguit na die mense toe. Die lug is warm en hy wil in die koelte gaan sit, maar die koelte skuif weg na die ander kant van die boom. Hoe nader hy na die koelte stap, hoe verder skuif die koelte weg. Die mense bring water en kos, maar dis net soos tevore: As hy wil drink, verdwyn die water en as hy wil eet, is die kos weg.

Toe vra die mense aan die bobbejaan: "Het jy niks agtergehou nie?"

Hy antwoord: "Ja, ek het die melkuier vir my gehou. Ek het seer oë en gebruik die melk daarvoor."

Toe roep die mense uit: "Hardloop terug en roep uit: 'Choro, Choro, hier is die melkuier, toe, word nou eenmaal reg, dat ek ook gesond kan word.'" Hy gaan en doen dit.

Hierop word Reënkoei weer soos sy tevore was en sy laat dit dadelik reën op die plek waar hulle op die oomblik staan. Daar kom toe 'n vloed water waarop banke sprinkane dryf. So het die bobbejaan toe genoeg kos en water. Maar die vloed styg hoër en hoër, wat die bobbejaan verplig om 'n boompie in te vlug. Die drywende sprinkane klouter ook in daardie boompie op, sodat hulle die bobbejaan nes 'n swerm bye toepak. Die bobbejaan kon nie asem kry nie en van die gewig van die sprinkane buig die takke, sodat die bobbejaan in doodsangs tot aan sy nek onder water sit. So nou en dan slaan 'n golf oor sy kop.

In hierdie benoudheid laat Reënbees die bobbejaan tot die ander dag sit. Uiteindelik laat Reënbees die waters opdroog.

Toe die sprinkane droog en warm word, vlie hulle weg en toe kry die bobbejaan eers kans om in vrede huis toe te gaan.

Maar net verniet, hy het nog nie sy streke laat staan om melkdiere en jong lammers te tempteer nie.

Reënbees se woonplek is langs die groot waters en hy is baie gek na die wind. Baie kere roep die wind hom en wys dan die plekke aan waar reën nodig is. So gebeur dit baie kere as die wind sterk gewaai het, dat dit op daardie plekke begin te reën.

Ook die vuur roep die reënbees en gaan dan bo in die wolke sit. Hy bring dan die wolke uit die see op en laat dit op die land reën. Die onweer is in sulke gevalle 'n tamaai groot voël*, wat weerligstene uit die wolke op die grond gooi om te wys waar die reën moet val.

---

* Sekere mense het dieselfde geloof, naamlik dat die sware weer 'n groot voël is wat die wolke uit die see gaan haal, en verder, dat 'n mens daardie voël met 'n assegaai kan doodgooi – maar dan moet daardie persoon net gou wees.

Groot Waterslang

Hierdie storie is slegs 'n kort verhaal van die groot waterslang, wat so 'n vername rol in die Boesmanfabelleer speel. Ons sal later meer van hom hoor. (Kyk ook Die Brandwag *van 15 November 1912, bladsy 376.)*

Groot Waterslang* is die dogter van Waters en Reënbees. Sy kan haar groot of klein maak – net soos sy verkies. As sy 'n reusagtige vorm aanneem en swem in 'n rivier, op of af, dan laat sy die waters in die rivierbedding so hoog styg dat die waters die walle oorstroom. Draai sy haar dwars in die rivier, dan dam die rivier ver op.

* Die waterslang en ander figure in die Boesmanstories word soms as manlik en soms as vroulik beskryf. Dit is onveranderd gelaat. (Red.)

Groot Waterslang dra 'n pragtige, skitterende steen op haar kop. Op 'n afstand is die glans van die steen sigbaar en dit flikker met uitstekende ligstrale wat die lig van die maan ver oortref, want dit kan duidelik smiddags in die helderste sonskyn gesien word.

Waterslang heg groot waarde aan daardie kosbare steen. Nooit sal sy haar in die water waag, of selfs water drink, sonder om die steen eers op 'n veilige plek weg te steek nie. Dit neem haar 'n lang ruk om 'n veilige wegsteekplek te vind. As sy so 'n plek gekry het, dan lig sy haar voorlyf hoog op om beter te kan rondkyk of iemand haar nie sien nie. Eers as sy niemand gewaar nie, skuif sy die steen van haar kop, verberg dit daar veilig en waag haar in die waters. Sy is egter nooit gerus nie, maar kyk gedurig in die rigting van die steen om te sien of sy iemand in die nabyheid van die steen gewaar.

Gewaar sy iemand in die nabyheid, dan kom sy windsnel uit die water en bestorm die persoon en maak hom óf dood óf vermink hom vir lewenslank.

As iemand so gelukkig is om die steen in besit te kry sonder dat Waterslang kan uitvind wie dit is, dan is so 'n mens vir sy hele lewe gelukkig. Hy word met presente oorlaai, sodat hy naderhand met al die goed opgeskeep sit. Waterslang treur haar dan dood, ná sy 'n ellendige lewe gelei het.

Maar vind Waterslang uit wie die dief is, dan word dié bitter ongelukkig – sy vrou en kinders sterf al die eerste dag en al sy goed word van hom gesteel of raak sonder oorsaak, goedsmoeds weg. Die dief word sieklik, kwyn en kwyn en sterf naderhand 'n aaklige dood.

Daar was eendag 'n jong Boesman van die ou geslag. Hy het die ou volk baie oor oor Waterslang hoor gesels:

Hoe ryk Waterslang iemand kan maak, hoe sy haar mense ken en hoe mooi en goed sy hulle versorg, hoe sy die waters vir haar mense in die droë fonteine laat kom; maar hoe sy aan die ander kant die volste fontein vir vreemdelinge laat opdroog, terwyl sy die sterkste strome tot niet kan maak.

Daardie jong Boesman kry 'n plan in sy kop om Waterslang van haar steen te beroof, en hy verklik sy plan aan niemand nie. Aldag gaan hy hom ver op 'n koppie versteek om te loer waar Waterslang haar steen wegsteek. Toe hy die plek al goed ken, waag hy dit om onder in 'n gat by die plek te gaan wegkruip. Hy krap gras en bossies oor hom, sodat sy nie sy reuk kan kry nie en verder lê hy so stil as hy kan.

Op die gewone tyd kom Waterslang en versteek haar steen op die plek. Sy seil water toe om in die groot rivier te gaan baai.

Toe die jong Boesman dit veilig ag, kruip hy na die steen toe en draai dit dig toe in baie soorte goed. Daarop kruip hy weer weg en toe hy uit sig is, hol hy so vinnig as wat hy kan. Tot sy geluk het Waterslang hom nie gesien nie.

Toe Waterslang genoeg in die water gespeel het, gaan sy weer na haar steen toe. Maar toe sy op die plek kom, is die steen weg.

Die eerste wat sy doen, is om 'n spoor te soek. Sy soek en soek, snuffel en snuffel en eindelik vind sy tog die spoor en volg dit stap vir stap tot sy by die hutte kom waar die jong Boesman woon.

Arrie, was die mense nie verskrik toe hulle groot Waterslang by hulle sien aankom nie! Die vurige kyk van Waterslang het die uitwerking dat geeneen kan vlug nie. Want 'n slang kan mos 'n mens aantrek dat hy doodstil sit en nie kan wegkom nie.

Die groot slang seil tussen hulle in. Sy deursnuffel die klere van algar daar. Die jong Boesman het intussen sy lyf van bo tot onder vol boegoe gesmeer, sodat hy nou glad 'n ander reuk het. Al die mense sit doodstil.

Toe Waterslang niks by die mense ruik en kry nie, begin sy die plek deursnuffel: Sy soek onder die kooigoed, in die potte, onder die velle, tussen die skerms, ja, orals en orals, maar sy vind niks nie. Sy seil treurig weg.

Niemand het geweet dat die jong Boesman die steen gesteel het nie, want hy het die steen toegedraai dat die ligglans daarvan nie kan deurstraal nie en het dit op 'n veilige plek begrawe waar die slang dit nooit sou kry nie.

Van daardie dag af was daardie jong Boesman baie gelukkig. Dit het die ander mense agterdogtig gemaak.

Hy stry en ontken dat hy die steen het.

Al die mense, sonder dat hulle dit kan verhelp, kry hom lief. Hulle bring presente en oorlaai die jongman met soveel geskenke dat hy daarmee raadop raak. Hy word by die dag ryker en leef in oorvloed.

Maar sy gewete knaag aan hom, want Waterslang begin kwyn en treur, en begin by die dag uitteer. Waterslang het ook gek na daardie jong Boesman geword, want voorspoed lê mos in sy weg.

Wat die jongman nog meer bekommerd gemaak het, is dat die fonteine in die omgewing skaars aan water begin word het. Hy gaan eendag stilletjies en bring die slangsteen weer na die plek waar hy dit gesteel het en steek dit op dieselfde plek weg.

Toe die siek slang na hom toe kom, sê hy vir haar: "Kom saam met my, ek sal gaan om jou te help soek. Kry ek die steen, dan moet jy my ryk maak."

Toe hulle by die plek kom, vra hy aan Waterslang waar

sy die steen versteek het. Sy wys die plek en daar vind hulle met die grootste vreugde weer die steen.

Waterslang het darem nie haar guns van die jong Boesman onttrek nie. Albei was voortaan gelukkig en die waters in die fonteine het weer teruggekom, want die slang ken mos haar eie mense goed en sy versorg hulle in alles na hul behoefte. So het hierdie gebeurtenis goed en voorspoedig afgeloop – wat maar heel selde gebeur.

Son is die kop van Danser Vuurman

☙

Hierdie storie word op verskillende maniere vertel. Onderstaande is soos deur die beste vertellers verhaal.

Danser is die vuurman, of die vuurmaker. Hy het eers as 'n mens rondgestap en uit sy kop het lig en warmte gestraal. Hy is die een wat vuur in klippe, in die hout en in die wolke geplaas het. Waar hy stap of gaan, is daar altyd lig en warmte, daarom het hy altyd 'n groot geselskap om hom gehad. Die jagters in sy nabyheid kon sien waar die wild is en diegene wat na veldkos soek, kon dit deur die lig van Danser se kop maklik vind.

Maar partykeer is Danser lui om te loop en gaan ewe perdgerus sit. As die jagters hom soebat om tog verder te loop sodat hulle die wild kan sien, dan koggel hy hulle uit en vra waarom hulle dan nie self loop en lig maak nie. Ook het hy 'n manier gehad om die wild wat geskiet is van die jagters af te neem.

Hieroor het die jagters kwaad geword, want die vroue is ontevrede as hulle mans sonder kos tuiskom en wanneer hulle niks het om aan die hongerige kinders te gee nie. So raai die vroue hulle mans aan om Danser maar dood te maak en dan sy kop op 'n lang stok rond te dra, sodat die mense kan sien.

Een jagter, wat die vrouepraatjies goedvind, sê: "Goed, laat ons Danser met gifpyle doodskiet om sy kop op 'n lang stok rond te dra, sodat ons warmte en lig kan kry."

'n Tweede jagter merk op: "Ja, dis alles goed en wel, maar wie van ons se oë is so taai om daardie sterk lig te verdra en wie se hande is so taai om daardie warm kop af te sny? Kom praat, laat ek hoor!"

'n Derde vra: "En waar kry ons 'n stok wat nie van die hitte sal brand nie?"

Die vierde een merk op: "Mintig, julle is sleg om planne te maak! Ek sal julle sê wat ons moet doen: Ons wag net tot Danser deur die water stap – iets wat hy gereeld doen – dan draf ons hom met die gifpyle by. Val hy in die water, dan is sy lig en warmte mos weg."

Hierop antwoord 'n vyfde en sê: "Jy dink dat jy baie slim is, maar tog is jy baie dom. Sê my, wat help dit ons as Danser se lig en warmte geblus is? Dan sit ons tog weer in dieselfde ou donker en koue."

Toe roep algar gelyk uit: "Dis maar niks! Dis maar niks! Dan is hy tog eenkeer van ons af en weg om ons nie verder te pla en te terg nie."

Leeu, Tier, Wolf, Jakkals, Kat en ander gee te kenne dat hulle met die moord niks te doen wil hê nie, want hulle kan goed genoeg in die donker sien. Hulle was ook mense van die ou geslag.

Maar die ander praters bly by hulle plan: Hulle hou Danser dop. Net toe hy deur die water stap, skiet algar gelyk. Die pyle tref hom, hy val vooroor in die water en dood is die lig en weg is die warmte.

Hulle hol nader, sny gou Danser se kop onder die water af, sleep sy lyf uit en sit sy kop op die wal neer om te kyk wat daarvan gaan word.

Maar Danser se kop en lyf wou nie doodgaan nie: Die kop se oë kyk rond en draai van die een kant na die ander en die lyf staan op en loop sonder kop rond.

Die kop kan sien en praat, maar kan hom nie verroer nie, terwyl die lyf kan rondloop, maar nie kan sien, hoor, ruik of praat nie. Die kop roep na die lyf, maar die lyf hoor nie; die lyf weer soek na die kop, maar kan dit nie vind nie; so loop hy in plaas van nader na die kop toe, altyd verder en verder weg.

Danser se moordenaars stap toe weg.

Maar 'n vrou stuur haar kinders om die kop van Danser in die lug op te gooi, sodat daar lig en warmte moet kom. Sy waarsku haar kinders om tog mooi op te pas dat die lyf, wat daar rondloop, hulle nie in die hande kry nie, anders sal die lyf hulle vermoor.

Die kinders stap versigtig daarheen. Die kop begin toe al droog word en lig gee en dit was so warm toe die kinders daaraan vat, dat hulle dit meteens in die lug opgooi.

Toe die moeders dit sien, roep hulle uit: "Wind, Wind, kom en vat die kop hoog op in die blou lug dat ons kan lig en warmte kry!"

'n Sterk dwarrelwind kom en voer die kop op tot bokant die wolke en laat dit daar bly.

Die kop van Danser Vuurman word toe die son.

Toe juig al die mense dat daar nou lig en warmte oor die ganse aarde is. Nou het hulle genoeg lig en hoef nie te verkluim nie. Hulle roep uit: "O, Son, bly daar en gee ons aldag lig en warmte! Daarvoor sal ons jou dank en prys. Groot is Son, wat al die mense tegelyk kan sien. Nou is daar lig, wat mense sal keer om kwaad te doen. Wie nou kwaad doen, wie nou steel, wie nou moor, sal gesien word. En Son sal hom met sy hitte verbrand, sodat die skelm nie meer onder ons sal woon nie."

Vuurman se kop is nou tevrede om bo in die lug te bly, maar hy soek darem nog eenstryk deur na sy lyf. In die oggende begin hy soek by die berge aan die oostekant. Hy klim soekende hoër en hoër in die lug op en as hy hoog genoeg geklim het, sak hy nog soekende weer af, af, af tot hy aan die berge aan die westekant kom en duik dan om in die diep waters van die see ook te soek.

Hy deursnuffel al die plekkies op land en onder water om te soek na sy lyf, maar hy vind dit nie, want die lyf het so uitgeteer en verpot dat dit nou die vorm van 'n krap aangeneem het. En nou stap die lyf, nog al die tyd sonder kop, op en af langs die waters om die kop te soek.

As Son weggaan, dan sorg hy dat die aarde pik-pik-donker is, want in daardie dae was daar nog geen maan of sterre om snags te skyn nie.

So het die mense in daardie dae nie kwaad gedoen nie, want in die dag is dit lig, dan sien algar goed en die kwaaddoeners het geen kans gekry nie. In die nag is dit weer stikdonker, dan kan niemand sien om rond te loop en kwaad te doen nie – dus moes iemand net maar bly waar hy is. In die dag het die mense gejag en gaan kos soek. In die nag het hulle gaan slaap en gerus en daar was geen rondlopery in die donker nie.

 Selfs die wildgediertes moes snags tuisbly en ook hulle kos in die dag soek. Dit was toe 'n tyd van vrede en gerustheid oor die ganse aarde.

☙

Maan is die skoen van Hottentotsgot

Ook hierdie storie word op verskeie maniere vertel, maar ons bepaal ons by die beste vertellers, wat min of meer alles in hierdie verhaal insluit. Hier word ons vertel dat die haas die oorsaak is dat die dood die wêreld ingekom het – voor daardie tyd het die gestorwene of vermoorde altyd weer opgestaan en geleef.

Hottentotsgot maak vir hom 'n paar netjiese skoene, waarmee hy dood in sy skik is. Die regterskoen is hard en dit druk hom seer aan die regtervoet. Hy sê aan sy dogter Hamerkopvoël om die skoen in die water te gaan sit om sag te word.

Hieroor is groot Waterslang erg gesteur, omdat Hottentotsgot sy vuil skoen in die water durf laat plaas. Waterslang maak die water in die nag baie koud, sodat die hele dam die volgende môre kliphard verys is. Die skoen sit toe binne-in 'n stuk ys.

Hottentotsgot stuur toe daardie oggend sy dogter Hamerkop om die skoen te gaan haal. Sy bring dit met die groot stuk blink ys daaraan. Hy vererg hom so daaroor dat hy die skoen weggooi – op in die lug.

Hamerkop, wat Windvoël goed ken, roep uit: "Windvoël, Windvoël, vat die skoen op, op, op in die lug, dat ons snags ook lig kan hê!"

'n Dwarrelwind steek op, wat die skoen bo in die lug bring en dit daar los.

Die skoen met die stuk ys word toe die maan.

Maan, met die blink stuk ys aan, begin in die nag skyn. Die mense van die ou geslag sien vir die eerste keer die maan. Hulle bedek hul gesigte met hulle hande en prys en vereer vir Maan. Van toe af het hulle snags lig en hoef hulle nie meer in die donker rond te dwaal nie. Hulle kon snags gaan ystervarke jag en die wild by die waters voorlê.

Hierdie ding het Son glad nie aangestaan nie want hy wou alleen in die lug skyn. Hy soek toe twis met Maan. Son is warm, want hy is die kop van Danser Vuurman. Maan is koud, want hy is die versteende waters. So probeer Son baie hitte uitstraal om die ys van Maan te laat smelt. Die ys smelt, smelt, smelt tot net die sool van Hottentotsgot se skoen oorbly.

Toe huil al die mense omdat Maan nou dood is. Groot Waterslang, wat vir die waters in die fonteine sorg, hoor die gehuil en laat 'n fontein in Maan kom om gedurig in die skoen water te maak, sodat die water ys kan word.

Die water in die skoen groei toe gedurig aan tot die hele skoen weer vol water is; die water word ys en Maan skyn in volle krag.

Son spoeg sy warm pyle op Maan af sodat hy weer kleiner en kleiner word. Die gesmelte ys word die nagdou, of maanwater, en die stukkies ys word kapok en die ryp wat snags val.

Toe die Boesmans die nuwe maan sien, bedek hulle hul oë met albei hande en roep uit: "O Maan, ons het gedink jy was heeltemal dood, maar nou sien ons dat jy lewendig na ons teruggekom het. Nou weet ons dat Son jou nooit sal doodkry nie. Jy sal doodgaan, maar sal altyd weer lewendig word. Maak ons net soos jy, sodat wanneer ons oud word, ons weer van voor af jonk word en nie sterf nie."

Maan antwoord: "Julle sal oud word en altyd weer jonk word. Daarom sal julle nooit sterwe nie. Julle sal, as julle oud is, net slaap en uit daardie slaap sal julle gou weer jonk ontwaak. Weer sal julle jag, weer sal julle eet en drink, weer sal julle vroue en kinders by julle wees, want hulle sal ook nie sterwe nie."

So het die mense van daardie tyd nooit gesterwe nie.

Maar hoe het die dood dan gekom?

Een aand toe Maan ewe plesierig skyn, hoor hy 'n jongman ontroosbaar huil. Hy vra aan die jongman waarom hy so bitter en bedroef huil.

Die jongman antwoord: "My moeder is dood en ek sal haar nooit weer sien nie."

Met diep meegevoel sê Maan: "Wees maar getroos, my seun. Jou ma sal weer lewendig na jou terugkom. Sy slaap net vir 'n rukkie maar is nie dood nie."

Die seun stry: "My ma is regtig dood, die wind het uit haar neusgate gegaan en die vuur is uit haar lyf, sy haal nie meer asem nie en sy is styf en koud."

Maan troos hom weer en sê: "Kyk na my: Ieder maand sterf ek en word gou weer lewendig en só sal dit ook met al die mense gaan. Hulle sal net 'n rukkie slaap en weer ontwaak."

Maar die seun stry toe eers hard met Maan – waaroor Maan kwaad word. Hy gee die seun met die vuis 'n hou op sy bolip dat die lip in twee splits en so verander die jongman op die plek in 'n haas, wat in die nag en in die maanskyn gekrom op die kweekplate rondspring.

Toe sê Maan: "Om jou ontwil sal ek al die mense vervloek.

Hulle sal voortaan sterwe en nooit weer in lewe terugkeer nie. Maar as hulle nie met my stry soos jy om my tot leuenaar te maak nie, dan sal ek my weer eendag oor al die mense ontferm om hulle eendag uit hul grafte op te wek."

Die dood het dus deur haas se gestry in die wêreld gekom.

☙

Die sterre is kole en as

ಬ

In hierdie storie word ons vertel van waar die sterre kom en hoe kwaad op aarde vermeerder het.

Maan het voortgekom uit die regterskoen van Hottentotsgot of 'Kaggen. 'Kaggen maak toe 'n ander skoen in plaas daarvan. Maar Maan het niks daarvan gehou dat 'Kaggen sy maters, die skoene, so moet trap wanneer hy daarmee loop nie. Daarom laat Maan van die maanwater val, dat die skoene gedurig nat moet wees, sodat 'Kaggen dit nie kan aantrek nie.

Hottentotsgot roep toe sy ander dogter – wat later Uil geword het – en hy sê aan haar om die nat skoene langs die vuur te plaas om droog te word.

Hieroor was Son nie in sy skik nie, dat 'Kaggen sy vuil skoene naas die vuur durf plaas. Hy laat die vuur toe kwaai vlam, sodat die skoene kan verbrand. Toe Hottentotsgot sy skoene laat haal, was dit verbrand, waaroor hy toe nie min met Uil raas nie.

Uil was net so vererg daaroor; sy vat die kole, gooi dié in die lug en roep uit: "Toe, kole, word sterre, dat ons snags lig het wanneer Maan en Son slaap!" En aan die gloeiende as sê sy: "Toe, as, word die Melkweg om die sterre te help lig gee. Kom gee lig, dat die mense in die nag kan sien en nie tuis hoef te sit nie."

Toe kom daar weer 'n groot dwarrelwind en voer die kole en as tot ver bokant die wolke. Die glinsterende kole word toe flikkerende sterre en die gloeiende as word die Melkweg, wat soos 'n verligte boog oor die aarde staan. Toe is daar genoeg lig om snags rond te stap.

Toe Son die volgende dag agter die berge verrys, sien hy Uil sit en hy vra aan haar: "Wie het die lug vol kole en as gegooi?"

Uil antwoord: "Ek, want dis snags so donker dat niemand kan sien om te loop nie."

Hierop sê Son: "Weet jy dat jy 'n groot kwaad aangerig het? Nou sal die mense in die nag rondstap om kwaad te doen. Ek het die nagte so donker gemaak dat die mense nie hulle hande voor hul oë kon sien nie en toe moes hulle tuisbly en slaap – die dag is mos lank genoeg om te jag en rond te loop, om te gesels en om pret te maak. Maar nou sal jy sien dat jy die deur geopen het sodat daar kwaad gedoen kan word. Ek sal my bes doen om Maan uit die lug te kry, sodat daar geen maanskyn sal kom nie. In die dag sal ek die sterre voor my wegvee. Maar wat van jou, my suster? Voortaan sal jy in die nag met sterrelig moet rondvlie, want sien ek jou in die dag, sal ek jou ook verbrand tot as, nes ek met die skoene gemaak het. Algar wat jou sien, sal jou oor daardie dwase daad bespot. Toe, gaan weg uit my sig en loop boer in die nag! En jy sal sien dat die sterre jou bedroewend min lig sal gee – net genoeg vir boosdoeners om kwaad te doen. Die sterre is te min om vir julle warmte te gee, daarom sal julle snags van koue rittel en bewe."

Uil vlie toe weg om te gaan wegkruip, want wanneer sy in die dag rondvlie, word sy bespot.

En nou sit sy en peins oor wat sy gedoen het – of dit reg of verkeerd was. Waar sy sit, roep sy uit: "Hoe-hoe!"

Son het Uil in die dag blind gemaak, dus het sy van daardie dag af nooit weer haar broer Son gesien nie. Sy verlustig haar nou in die sterre en Melkweg, wat sy self gemaak het.

Dit het toe só gekom, nes Son voorspel het. Van toe af loop Leeu, Tier, Wolf, Jakkals en Ystervark weer snags rond om te moor en te rowe. Die kwaaddoeners het vermenigvuldig, want hulle het nou snags genoeg lig om te sien, terwyl ander hulle nie van ver af kan uitken nie.

ଔ

Hamerkopvoël en die paddas

ও

Hierdie storie wys iets oor die geloof van Boesmans en vertel hoe die hamerkopvoël alles in beelde op die water kan sien. Dit vertel ons ook van die herkoms van blomme en paddas wat in die water groei en woon.

Hamerkop is nie sommer vandag se voël nie. Sy was eers 'n mens van die ou geslag en is 'n dogter van Hottentotsgot, wat haar later in 'n voël verander het.

Sy is baie goed bevriend met Waters, wat haar die portrette wys van alles wat gebeur en nog sal gebeur. Al wat Hamerkop hoef te doen, is om in Waters te kyk en dan sien sy alles daarin. In die dag weerspieël die son, lug, bome, diere en alles wat daar naby is. Kleur vir kleur is daarin sigbaar. In die nag kan ons die maan, sterre, Melkweg en al die ander goeters daarin sien. Selfs wanneer iemand in die donker anderkant die water loop, kan ons hom amper so duidelik sien asof dit dag is.

Maar Hamerkop sien nog meer in die water as wat die mense kan sien: Sy sien dinge wat ver gebeur en sy verstaan die betekenis van dit alles. Ons mense sien dit wel, maar verstaan niks daarvan nie. Daarom moet ons ag slaan op Hamerkop en luister na wat sy ons kom vertel.

Word daar ver 'n kind gebore, of trou daar mense, of lê daar iemand siek, of sterf hy, dan het niemand nodig om dit aan Hamerkop te kom vertel nie – sy het dit lankal in die waters gesien.

Wat sy gesien het, kom sy aan die familie en vriende van die persone, in haar eie taal en op haar eie manier vertel. Daarom slaan diegene wat slim en verstandig is, ag op Hamerkop, want sy is nie een wat lieg nie. 'n Mens kan op haar woord gaan. In die aand wanneer dit skemer is, kom sy na die huise van die mense waar sy die tyding wil bring. Sy vlie oor die huise, skree treurig en vertel wat sy te vertel het.

Sy kan ook dinge vooruitsien en kom die betrokke persone waarsku om tog nie 'n fout te maak nie. Die waters is by haar iets heiligs. Mors die jong vroue daarin, of laat houtas in die fontein val, of laat hulle 'n pot water in die vuur omslaan, dan gaan sy dit aan groot Waterslang en aan Danser Vuurman vertel. Hierdie twee laat dan wolke opkom en gooi vurige swaarweerstene daaruit om die jong vroue mee te dood. Lê die vroue dood, dan spoel die strome hulle na 'n gat water toe, waar hulle blomme word wat in die waters groei om tot sieraad van die waters te wees.

Daarom waarsku die moeders vandag nog hulle kinders om tog nie die waters se blomme af te pluk nie. Is die kinders stout en stap in die water, dan duik die blomme gou onder die waters. Dan kom groot Waterslang en trek die ongehoorsame kinders onder die waters en daardie stout kinders word dan paddas, om vir groot Waterslang saans te sing en te dans.

Die waterblomme was dus eers jong vroue en die paddas was vroeër die kinders wat ongehoorsaam was.

Partykeer, wanneer 'n stuk of wat hamerkoppe bymekaar

is en hulle sien iets goeds in die water, dan is hulle vrolik. Hulle begin sommer van vreugde om mekaar dans. As hulle nie kom vertel wat hulle gesien het nie, dan moet ons weet dat dit goeie tyding vir hulleself is. Maar vlie hulle op en kom na die persoon wat vir hulle gestaan en kyk het, dan bring hulle die tyding dat baie wild aan die kom is en sê dat die mense hulle pyle moet reghou. Hieroor word algar bly, klap hande en prys die hamerkoppe vir daardie goeie tyding.

Eendag stuur die mense hulle kinders na die water toe om drinkwater te gaan haal. In plaas van om gou terug te kom, bly die kinders speel. Hulle vat klippe en stokke en gooi en slaan die paddas daarmee dood. Hieroor word Wind kwaad, omdat die stout kinders uit ongeregtigheid die paddas – die kinders van die waters – doodgegooi het. Hy vat daardie kwaaddoeners in 'n dwarrelwind op, voer hulle hoog in die lug, totdat hulle in die wolke kom en toe verander hy die kinders in paddas en dit reën toe paddas uit die lug, soos ons soms vandag nog sien.

Die ouers kom toe na die kinders soek en is ontevrede dat hulle kinders in paddas verander is. Hieroor word die dwarrelwind ook kwaad, verander die ouers ook in paddas en laat hulle ook saam met die reën uit die lug val. Op hierdie manier word ongehoorsaamheid gestraf.

Nou moet Hamerkop oppas dat die paddas nie uit die waters gaan nie. Kry sy een buitekant, maak sy hom dood en eet hom op. Die werk van die paddas is dus om saans te sing en te dans. Die babatjies word in swart karossies toegedraai, sodat geen armpie of beentjie uitkom nie – eers as hulle groter is, steek hulle die armpies en beentjies uit. Dan gooi hulle die swart karossies weg en word jong paddatjies.

As die winter kom, word die waters koud, dan vlug die

paddas na droë gate in die grond. Maar die grond is die dogter wat aan die slaap geraak het. So slaap die paddas ook die hele winter deur. Maar wanneer die donderweer hulle aan die begin van die somer wek, dan eers skrik hul wakker en begin weer sing, want die waters roep hulle om te kom dans.

☙

Uil en die muise

&

In hierdie storie vind ons nog meer verhaaltjies van Boesmangeloof en ook van opstanding.

Uil is ook 'n voël van groot betekenis. Net soos Hamerkopvoël kan hy baie dingetjies sien wat gebeur en nog sal gebeur. Die onderskeid is net dit: Hamerkop sien dinge in die dag in die waters en Uil sien in die nag aan die maan en sterre wat aan die gang is. Uil is mos die voël wat die sterre en Melkweg gemaak het, deur kole en as in die lug te gooi. Nou vertel die sterre en Melkweg haar van alles wat sal plaasvind. Ieder mens het sy eie ster. As 'n ster besonder blink, of verskiet, of 'n stert kry, dan weet Uil al dadelik wie se ster dit is en waar hy die tyding of boodskap moet gaan bring.

Uil laat haar ook maklik betower deur die een of ander toornaar, dan gaan sy by die huis van die ongewenste persoon nare geluide maak. Kom so een uit om haar weg te jaag, dan val hy op die plek morsdood.

Ons mense kyk ook na die sterre. En wat verstaan ons daarvan? Maar Uil verstaan alles. Sy let op of die ster ogies knip, rooi, wit of blou word, of die ster 'n stert of roei gaan kry en na watter kant die ster verskiet en ook na watter kant die stert van die ster wys.

Die sterre gesels ook met haar deur boodskappe met die vuurvliegies te stuur. Op alles slaan Uil ag. Daarom gee diegene wat slim en vernuftig is, goed gehoor aan Uil, want sy lieg nie. Sy vertel altyd die waarheid.

Gooi iemand haar met klippe, bespot en lag hy haar uit, dan kom sy nie gou weer nie. Maar bewaar dié een wanneer sy dan terugkom! Dan bring sy slegte tyding. Daarom: Pasop om Uil nie kwaad te doen nie. Sy vergewe nie en kom later om jou te straf vir wat jy aan haar gedoen het.

Uil en die slange is ook goed bevriend. Soms, wanneer Uil 'n boodskap het van iemand wat reeds dood is, gee sy die boodskap aan 'n slang. Daardie slang seil dan na die graf van die persoon wat die boodskap gestuur het. Hy wag by die graf. As iemand die slang daar sien, moet hy weet dat die afgestorwe persoon laat weet dat hy gelukkig is, dat hy wens dat sy agterblywende mense ook gelukkig moet wees en daarom verlang hy dat die mense 'n groot maaltyd en vrolikheid om sy ontwil moet maak.*

Maan vertel ook baie dinge aan Uil, want Maan kan ver oor die wêreld sien. Uil verstaan Maan goed: Sy kyk net na watter kant die horings van die maan gedraai is. Die geeste gaan in die hol bak deur die lug ry maar namate die holte opvul, gee die geeste pad en as dit volmaan is, is daar geen plek vir hulle nie.

Nou Uil is nie so terughoudend soos sy lyk nie. Sy kom dit aan ons vertel, maar ons moet mooi luister.

Eendag was daar 'n ou man en 'n ou vrou wat nie na Uil wou luister nie. Hulle het Uil met klippe gegooi en haar uitgeskel en tot leuenaar gemaak, terwyl hulle self leue-

---

* Die mense bring dan baie kos, eet en maak vrolikheid.

naars en bedrieërs was. Uil was so vriendelik om aan daardie twee oues te kom vertel dat hulle dadelik moes vlug, want daar was 'n leeu wat wou weet waar hulle was om hulle op te vreet.

Die twee ou mense roep uit: "Dit jok jy! Ons is glad nie bang vir leeus nie! Ons ken hier naby net een leeu en van ouderdom het hy geen tand meer in sy bek nie."

Onder die praat laat Uil sy mes val. Hulle hol toe, tel dit op en wil dit nie weer teruggee nie. Daarop steek hulle Uil onder die klippers en skel haar met lelike woorde uit.

Uil vlie bedroef weg.

In die nag begin dit kliphard te reën. Die onweer is swaar. Onderwyl hoor hulle 'n leeu in die verte brul en aan die gebrul kan hulle hoor dat die leeu naderkom. Toe word hulle bang en vlug. Maar toe hulle 'n laagte wou deurvlug, is dit kant en wal vol. Hulle vlug toe langs die bruisende stroom op en daar ver sien hulle die vuur van ander mense brand. Hulle hardloop daarheen en vertel toe aan die mense dat hulle (die vlugtelinge) koud is en vra velle om onder in te kruip. Die mense gee aan die twee vlugtelinge baie velle om hulle in toe te rol.

Maar die leeu het die spore van die twee gevolg en toe hy by die hutte kom, vra hy waar daardie twee vlugtelinge is, want hy wil hulle stukkend skeur. Die mense was tog jammer vir die twee en hulle bring eerder 'n halwe hartbees na die leeu. Hy wil nie daaraan eet nie, maar dring aan op die twee vlugtelinge.

Toe kom Uil ook en vertel wie daardie twee oues is en dat hulle diewe en leuenaars is. Die mense bring toe die twee uit en oorhandig hulle aan die leeu, wat hulle op die plek aan flenters skeur, sonder om eens die bloed op te lek of 'n stukkie van hulle vleis te eet.

In die nag het die maanwater op die stukkies vleis geval, daar het lewe in gekom en elke stukkie het 'n muis geword.

Só het die muise uit leuenaars, diewe en bedrieërs voortgespruit en daarom kan hulle tot vandag toe nie hulle streke laat nie.

☙

Die reënboog

&

In hierdie storie word ons vertel hoe die reënboog ontstaan het en dat die reënboog 'n goeie verlokker is.

Reënboog is die dogter van Opgeefsel, of Lugspieëling. Sy was ook eers 'n mens van die ou geslag, maar het later die vorm van die reënboog aangeneem en dit het so gekom: Opgeefsel se dogter het by haar op die vlaktes gewoon. Net soos haar ma Opgeefsel het die dogter groot plesier daaruit geput om die gek met iemand te skeer, daarom het sy so baie van mooi klere aantrek gehou. Sy was ook, net soos haar ma, sonder spraak – jy sien haar wel, maar hoor haar nooit nie. En tog het sy baie aanhangers gehad, waaronder Windvoël en Reënbees was.

Windvoël, wat die winde laat waai, het baie vir daardie dogter gaan kuier. Dan vertoon hy hom in sy beste veredrag en voer die geure van al die lekkerruik blomme en kruie saam met hom. Sy het egter nie groot sin in Windvoël gehad nie. Sy het meer van Reënbees gehou. Maar die wind is sterker as die reën, dus moes sy maar haar beurt afwag.

Eendag kom Windvoël skoon en netjies aangevlie. Die dogter kan hom reeds op 'n afstand hoor aankom, want hy klapwiek so liefies en vriendelik met sy vlerke, wat gebalsem is met die heerlikste geure. Sy kom uit haar hut en gaan sit en wag voor haar deur. Windvoël kom en gaan sit ook ewe vriendelik voor haar. Sy staan op en begroet hom deur haar hand oor hom te stryk en hom met die poeier van lekkerruik blaartjies te bestrooi. Sy hou haar ewe lief en soet.

Nadat sy hom nog 'n rukkie gestreel het, gaan sy liefkosend op sy rug sit. Hy sprei sy vlerke uit, styg in die lug op en vlie met haar na die berge toe, waar sy huis in 'n klipgrot is.

In die kliphuis is koue lug wat haar glad nie aanstaan nie maar sy laat niks merk nie. Bowendien, die plek is nou en ongerieflik maar sy hou haar ewe tevrede. Sy vra toe deur tekens te gebruik waar die kos en water is, maar daar is geen. Windvoël sê vir haar om maar 'n bietjie te wag: Hy sal alles gou gaan haal, want hy weet waar die beste te kry is.

Hy vlie toe oor die berge en sy wag in die klipgrot. Hy vlie ver en bly 'n goeie ruk weg.

Toe Windvoël terugkom, is die dogter skoonveld, want sy het intussen gevlug en gaan wegkruip op die vlaktes by haar ma Opgeefsel. Sy het haar onder die grond versteek waar Windvoël haar nooit sal uitsnuffel nie.

Windvoël voel toe dat hy deur die meisie bedrieg is en is erg gesteurd. Maar haar moeder Opgeefsel verstaan goed hoe om Windvoël in 'n goeie luim te hou sodat hy nie moet kwaad word en alles verwoes nie.

Waterslang, wat ook onder die grond rondseil, het gou uitgevind waar die dogter haar bevind. Sy vertel toe vir Reënbees, haar vader. Reënbees woon in 'n seekoeigat. Wanneer hy daarin is, is die gat vol water maar wanneer hy uitgaan om te wei, word die gat droog en 'n misdamp – wat Reënbees se asem is – omring hom, sodat niemand hom in daardie mistige weer kan sien nie. Hy stap toe reguit na die meisie toe. Alles is stil, want Windvoël het ver oor die berge gevlie en sal vir dae wegbly.

Die dogter ruik die heerlike geur van die reën wat Reënbees maak en kom uit haar onderaardse woning. Reënbees kom voor haar kniel en gaan lê ewe lief en is vriendelik.

Die meisie staan op en klop liefkosend met haar hand teen Reënbees se nek en strooi oor hom ook fyngemaakte kruiebossies en lekkerruikblare. Na sy 'n rukkie met hom gespeel het, gaan sit sy ewe plesierig op sy rug. Hy staan op en stap hoogs in sy skik met haar weg na sy huis, die seekoeigat.

Op pad daarheen sien sy 'n klomp groot bome staan. Sy sê toe dat sy moeg voel en eers onder die bome wil gaan rus. Reënbees stap daarnatoe en gaan teen 'n stam van 'n groot boom in die skaduwee lê. Die meisie bly op sy rug sit, maar sy strooi weer kruie op Reënbees se kop. Hy word vaak en raak vas aan die slaap.

Toe sy dit gewaar, dros sy stilletjies weg – reguit na haar moeder op die vlaktes. Toe Reënbees wakker word, verbeel hy hom eenstryk deur dat die meisie nog op sy rug sit en hy stap toe na die seekoeigat toe. Maar eers toe hy in die water wil induik, gewaar hy dat die meisie weg is. Hy word kwaad.

Maar die moeder van die dogter het reënbossies gebrand – bossies wat gebrand word om Reënbees tevrede te stel. So het hy afgekoel van sy kwaai bui en nie deur verspoelings skade onder die mense aangerig nie.

Opgeefsel verander toe haar dogter in 'n reënboog, sodat die wind en reën haar kan sien en bewonder, maar geen kwaad aan haar kan doen nie. Sy het haar pragtige, gekleurde klere behou en pronk nou nog daarmee.

Hottentotsgot en die bobbejane baklei

☙

In die Boesmanstories speel die bobbejane nogal 'n groot rol. Hulle word gewoonlik voorgestel as skrander en sterk. Hier is weer sprake van 'n opstanding en wel uit die waters.

Die bobbejane is mense van die ou geslag en is van 'n ander familie as 'Kaggen, die hottentotsgot. Daarom het hulle nooit ontsien om die ou man en sy familie te pla nie. Baiemaal, wanneer die kinders van Hottentotsgot gaan water haal, dan jaag die bobbejane hulle van die water af weg. Gaan die kinders veldvrugte pluk, of veldkos haal, dan vat die bobbejane dit af en maak die kinders boonop seer. Die kinders kom dan by hulle pa of oupa Hottentotsgot daaroor kla.

'Kaggen (Hottentotsgot) stuur eendag sy seun om stokke te gaan haal. Hy wil kieries en 'n boog daarvan maak om die bobbejane mee te gooi en te skiet.

In die veld ontmoet die bobbejane die seun en vra hom wat hy daar maak. Hy antwoord: "Ek kom stokke vir my vader haal. Daarvan gaan hy kieries maak en van daardie een 'n boog om die mense te skiet wat op hulle hakskene sit."

Die bobbejaan roep toe sy maat wat daar naby wei en sê: "Maat, kom luister watter praatjies gesels die seun hierso!"

Die maat stap nader en sing:

> Ek kom nou,
> en luister
> na die kind by jou.

En hy vra: "Wat sê daardie seun?"

Die eerste bobbejaan antwoord: "Hy sê hy kom stokke vir sy pa haal: Daardie stokke is vir kieries en die ander een vir 'n boog om die mense wat op hulle hakke sit, mee te gooi en te skiet."

"A, so!" roep die tweede bobbejaan uit en hy roep sy maat wat langs hom gewei het en sê: "Kom luister na die stories van hierdie seun!"

Die derde bobbejaan kom nader en sing ook:

> Ek kom nou,
> en luister
> na die kind by jou.

Hy vra wat die seun gesê het en toe die praatjies van die seun oorvertel word, roep daardie bobbejaan ook sy maat wat langs hom wei. En so roep iedereen sy maat, totdat algar kom luister.

Die allerlaaste roep hulle die ou voorman. Hy kom en sing ook dieselfde liedjie. Toe hulle hom vertel dat die seun stokke vir Hottentotsgot kom haal om kieries en 'n boog van te maak om die mense wat op hulle hakke sit, mee te gooi en te skiet, roep die ou uit: "Wie anders word bedoel as ons! Gryp die seun, vat die stokke af en slaan hom!"

Die klomp bobbejane bestorm die arme seun en slaan hom met die stokke en met hulle vuiste dat sy kopbeen breek en sy oog uit die kop rol. Die seun is toe dood.

Een bobbejaan gryp die seun se oog en roep uit: "Hier het ek 'n mooi iets om bal-bal mee te speel." Die bobbejane staan toe reg. Die een wat die oog vang, roep uit: "Dis my bal dié!"

Die een wat die oog na die ander gooi, roep uit: "Dis jou bal dié!"

En so gaan die rondgooi aan onder die uitroep: "Dis my bal dié!" En: "Dis jou bal dié."

Hulle speel toe geesdriftig en val oor mekaar dat die stofdampe opslaan.

Hamerkopvoël, wat alles gesien het, vlie oor na 'Kaggen om te vertel wat die bobbejane aan sy seun gedoen het. Die ou man spring haastig op, vat sy boog, pylkoker en knapsak en hardloop na die plek waar sy seun dood lê. Van ver af sien hy reeds die stof soos die bobbejane bal-bal speel. Trane kom in sy oë en hy begin bedroef oor sy seun huil. Maar voor hy by die bobbejane kom, droog hy die trane van sy oë af, sodat hulle nie moet sien dat hy gehuil het nie.

Toe hy daar kom, sit hy sy boog, pylkoker en knapsak neer en hy vra om saam te speel. In plaas van dadelik te antwoord, staan die bobbejane die ou man met verwondering en aankyk, want dis nie aldag dat hulle hom te sien kry nie. 'Kaggen gaan toe tussen hulle staan en begin saam speel. Hulle wil nie die oog van sy seun na hom toe gooi nie maar hy spring vooruit en vang die oog toe hulle dit na 'n ander bobbejaan gooi.

Meteens voel die oog dat dit in sy vader se hande is en toe die vader dit gooi, rol die oog tussen die bobbejane rond. Hulle val oor mekaar om dit in hande te kry maar vang telkens mis. Die vader vat weer die oog en gooi dit na 'n bobbejaan; die oog gaan in die lug op en verdwyn. Toe roep die bobbejane uit:

> Waar is my bal?
> Toe, gee dit hier!
> Ek wil dit hê;
> maak gou, maak gou!

Die oog het ongemerk in die knapsak van 'Kaggen ingekruip. Die bobbejane soek orals rond maar vind dit nie. Een roep uit: "Kom ons deursoek die pylkoker en knapsak!"

'Kaggen roep uit: "Pasop as julle na aan my goeters kom!"

Maar onopgemerk vat hy die oog in sy knapsak met sy een hand en verberg dit in die palm van sy hand. Hy skud die knapsak uit, keer dit om en sê: "Kyk, hier is niks." Daarop sit hy die knapsak weer neer en verberg die oog daarin. Toe ondersoek hulle die pylkoker en vind ook niks.

Toe roep die bobbejane algar tesame uit en sê:

> Waar is my bal?
> Toe, gee dit hier!
> Ek wil dit hê;
> maak gou, maak gou!

Hulle begin 'Kaggen met hulle vuiste slaan. 'Kaggen slaan terug en die geveg word heftig. Die bobbejane is baie en só raak hulle hom baas. 'Kaggen hol na sy goed, pak dit in en hol vinnig weg. Die bobbejane bly agter en soek eenstryk deur.

'Kaggen gaan sit by die water en was hom. Hy haal die oog uit sy knapsak en plaas dit in die water met die woorde: "Toe, liggaam van my seun, kom hiernatoe; kom lê hier in die water dat jou oog weer op sy plek kan aangroei en word weer net soos jy tevore was."

Toe kom die liggaam van die seun deur die lug en val by die oog in die water. Daarop stap 'Kaggen huis toe, want hy voel siek van die slaan en veg.

Toe hy by sy huis kom, vra een: "Oupa, waarom is jy so vol bloed en wonde?"

'Kaggen vertel toe dat die bobbejane sy seun doodgemaak en met die oog bal-bal gespeel het. Hy vertel dat hy gaan saamspeel het net om die oog in die hande te kry en toe raak hulle aan die baklei. Hierop bestraf die kleinkind sy oupa en sê: "Oupa is so oud; waarom loop Oupa alleen in die veld rond?"

Toe 'Kaggen weer alleen is, stap hy van sy huis reguit na die gat water toe. Daar sien hy sy seun buitekant in die son sit. Die ou man is bly en stap stadig nader maar die seun hoor hom en spring "pardoems!" nes 'n padda in die water.

Die ou man draai toe om, gaan huis toe en vat 'n voorvel en 'n karos vir die seun. Daarop stap hy terug.

Hy stap weer stadig en net toe die seun in die water wou spring, pak 'Kaggen hom aan die arm en roep: "Moenie bang wees nie. Ek is jou vader 'Kaggen en jy is my kind. Dè, hier is klere wat ek vir jou gebring het. Trek dit aan en kom saam met my huis toe."

By hierdie woorde herken die seun sy vader en nadat hy sy voorvel en karos omgesit het, stap hy saam huis toe.

By die huis vra die kleinkind weer: "Oupa het dan kom vertel dat Oompie dood en sy oog uit is en hier is Oompie dan gesond terug by ons?"

'Kaggen antwoord: "Die waters het hom weer uit die dode laat opstaan. Hy is nog swak en ons algar moet hom nou mooi oppas tot hy weer sterk en fris word."

Die seun het by die dag sterker geword en is nou gesond.

☙

Die meisie van die waters

☙

In hierdie storie word ons vertel van 'n veronderstelde gees in die gedaante van 'n meisie, wat die krag besit om iemand met haar onsigbare wil die waters in te trek.

Daar was 'n meisie wat altyd water by 'n fontein gaan haal het. Naby die fontein was 'n groot gat water en in daardie gat water het pragtige blomme gegroei. Haar ma het haar altyd gewaarsku om tog nie daardie mooi blomme te gaan pluk nie, want hulle is jong vroue wat na die water weggevoer is om blomme te word.

Maar daardie blomme was vir die meisie tog te aantreklik en die versoeking om hulle te pluk was te groot, sodat sy die drang om hulle te pluk nie kon weerstaan nie. Sy wou dit maar net eenmaal waag. Sy stap in die gat water in, maar toe verdwyn die blomme onder die water en groot Waterslang trek meteens die meisie ook die water in. Sy word toe nie in 'n blom of padda verander nie maar sy bly mens, wat die krag kry om ander mense met haar onsigbare wil die waters in te trek – buite die water besit sy nie daardie mag nie. Sy is dus mens, maar kon net soos 'n padda in die water en daarbuite lewe. So stap sy van een gat water na die ander rond.

Die meisie word toe die meisie van die waters.

In die water besit sy die mag om mense op onsigbare wyse in te trek; buitekant betower sy weer die mense met haar skoonheid, sodat hulle haar onwillekeurig volg.

Toe haar ma en die ander mense merk dat die meisie nie terugkom nie, gaan soek hulle na haar. Hulle kry haar nie by die fontein nie en stap na die groot seekoeigat en daar sien hulle haar karos en haar armringe lê. Die moeder begin huil, denkende dat haar dogter verdrink het.

Maar hulle voel nou dat daardie seekoeigat 'n groot aantrekkingskrag gekry het en word bang om na aan die kant te staan. Algar huil en gaan tekere, want hulle het daardie meisie so liefgehad.

Meteens hoor hulle 'n vrouestem by die onderste seekoeigat sing. Hulle kyk op en daar sien hulle haar staan. Maar nou is sy mooier en sy het pragtiger ringe om haar arms en bene – ook haar voorskoot skitter o, so mooi.

Hulle hol daarheen en roep haar op haar naam. Sy bly staan, groet hulle met winkende hande, sy lag met hulle en toe hulle naby is, spring sy in die gat dat die water so spat.

Toe slaan haar moeder hande saam en roep uit: "My kind het van daardie blomme van Waterslang gaan pluk en nou moet sy ook by Waterslang gaan woon. O, my dogter het nou 'n toorgees geword!"

En sy huil bitter en algar saam met haar en hulle stap bedroef huis toe.

Die meisie se broer sê toe aan sy ouers dat hy sy suster van groot Waterslang sal gaan verlos. Hulle vra hom hoe hy dit sou doen, want wie kan groot Waterslang baasraak?

Hy antwoord dat hy die blink steen op die kop van die slang sal gaan steel, want sonder daardie steen is Waterslang mos magteloos.

Hulle raai hom dit ten sterkste af, want as groot Waterslang magteloos is, sal al die fonteine vanself opdroog.

Maar die meisie se broer wil nie van sy plan afsien nie en werp teë dat hy Reënbees sal kry om dit baie te laat reën en dan sal hulle altyd volop water hê.

Die ouers wys hulle seun daarop dat Reënbees groot Waterslang se vader is en dat hy dit vir 'n lang tyd nie sal laat reën nie – net om hulle van dors te laat omkom. Maar vir hierdie waarskuwing het die meisie se broer geen ore nie.

Hy stap weg om groot Waterslang te gaan beloer om te sien waar sy die steen gaan wegsteek voordat sy in die water gaan. Hy kry haar net toe sy rondseil. Maar die slang kom sy planne agter en sy bestorm hom voordat hy die steen in die hande het. Sy verander hom toe in 'n ou skurwepadda wat gewoonlik ver van die water boer. Sy boog verander sy in 'n ou bros stok, sy pylkoker val aan stukkies en die pyle daarin verdor tot kaf. Hy het nog nie vrou en kinders gehad nie – dus het groot Waterslang net sy ouers gestraf om al die fonteine te laat opdroog. Maar die meisie van die waters het jammer vir haar ouers gevoel en hulle toegelaat om by die seekoeigat water te kom skep sonder om hulle in die gat in te sleep – só is hulle van die dood gered.

Maar die meisie van die waters, of kortweg, die watermeisie, leef vandag nog: Sy woon nog in al die diep watergate. Die moeders waarsku altyd hulle kinders om tog nie naby die kant van die diep waters te gaan nie, want dan sal die watermeisie hulle in die diep waters intrek, waar hulle in paddas verander word. Die kinders is tot vandag toe nog bang vir groot seekoeigate en bly daar weg.

Die geniepsigheid van Skilpad

In hierdie storie kry ons bepaald te doen met 'n bose gees wat sy vermaak daarin gehad het om mense te pynig.

In die dae van die ou geslag was daar 'n toorheks wat alte graag mense seergemaak het. Sy het verskeie gedaantes aangeneem maar het haar meestal vertoon in die gestalte van 'n groot skilpad. Dit het nooit bekend geword dat sy iemand goed gedoen het nie.

Om haar streke beter uit te voer, het sy gemaak of sy siek is. Mense het haar dan jammer gekry. En as die mense haar kom dokter, dan ry hulle aan die pen.

As 'n skilpad het sy maar min geëet en gedrink. Verder het sy 'n luilekkerlewe gelei.

By 'n sekere geleentheid lê sy in die skaduwee van 'n bos. 'n Man kom verby en sy roep uit: "My liewe ou broer, kom tog nader! Ek het so 'n ondraaglike pyn in my nek. Kom vrywe tog my nek in met vet."

Die man kom nader, vat die vet, kniel voor haar en begin haar nek vrywe. Meteens ruk Skilpad haar nek in die dop en die man se hand sit vas. Hy brul van pyn en soebat mooi dat sy tog haar kop moet uitsteek dat hy sy hand kan uitruk. Maar alle smekings is verniet. Hy gryp met die ander hand 'n klip en skrop daarmee die dop en van daardie grilligheid steek sy haar kop uit en toe eers kon hy sy hand uitruk. Al die vleis en velle van sy hand is af – net die kaal senings en bene bly oor.

Net toe kom daar 'n ander man verby en Skilpad roep uit: "My liewe ou broer, kom smeer tog my nek met vet – ek het so 'n vreeslike pyn daarin dat ek daarvan kan beswyk."

Die eerste man steek gou sy seer hand onder sy karos in en sit, steeds in pyn, bedaard en kyk wat nou sal gebeur. Skilpad steek haar nek lank uit en die man begin die nek met vet invrywe. Meteens ruk Skilpad haar nek in en die tweede man se hand sit ook vas. Hy brul en skree van die pyn maar los, is min.

Die eerste man wil toe wegstap en laat die ander só in sy smarte sit. Die tweede man roep uit: "Ou broer, waarom het jy my so 'n stel laat aftrap?"

Die eerste man haal sy hand onder die karos uit en wys hoe dit lyk en sê: "Ek voel net soos jy nou daar voel," en hy gaan weg.

Die tweede man, wat toe nog vassit, vat met sy ander hand sy kierie en begin op die kop van die groot skilpad timmer. Toe steek Skilpad haar kop uit en hy ruk gou sy hand uit. Maar die velle en vleis het afgeskeur. Hy stap toe ook huis toe, so te sê blind van pyn.

Die twee mans het op dieselfde plek gewoon en hulle stap toe verder saam huis toe. Toe hulle tuiskom, is die maan nog jonk. Soggens, wanneer hulle opstaan, neem hulle van die dou – die water van die maan – en was hulle hande daarmee. Namate die maan groei, so ook groei die vleis oor hulle kaal senings en bene. Toe die maan vol is, is hulle hande volkome gesond en weer net soos dit tevore was.

Daarna stap die twee mans saam die veld in en kry Skilpad op 'n ander plek lê. Weer roep sy: "My liewe twee broers, kom smeer tog my bene met vet. Ek het vretende pyne daarin, sodat ek van die krampe kan doodgaan."

Die twee mans stap nader en maak of hulle haar bene met vet wil smeer, maar rol ou Skilpad op haar rug en stop klippe rondom haar, sodat sy nie weer kan regrol nie. Hulle stap toe weg, met die gedagte dat hulle haar gestraf het.

Verder vorentoe ontmoet hulle twee kraaie. Hulle betower die kraaie, sodat waar hulle skilpaaie op die lyf mag loop, hulle dan die vleis van die skilpaaie lewendig moet uitpik. Hulle stuur toe die twee kraaie na die groot skilpad toe om haar vleis lewendig uit haar dop te skeur. Maar die ou toorheks weet van alles en hou haar gereed, want sy voel geen pyn nie.

Toe die kraaie daarheen vlie, roep die een uit: "Die ou is maer, die ou is maer!"

Die ander kraai antwoord: "Haar oog is vet, haar oog is vet!"

Toe die kraaie daar kom, val hulle ou Skilpad aan en pluk haar vleis lewendig uit haar dop. Maar sy is 'n ou toorheks en voel niks nie en laat die kraaie maar hulle gang gaan. Sy het wel gemaak of sy seerkry.

Toe die kraaie die dop skoon uitgepik het, vlie hulle weg om die tyding aan die twee mans te bring. Die twee mans is baie bly om die berig te kry en hulle spring in die rondte en dans van vreugde.

Maar net soos die twee mans die kraaie betower het om skilpaaie te vreet, net so het die ou toorheks die bye betower om mense te steek waar hulle die mense ook al kry. 'n Ruk later loop een van die mans in die veld rond en sien die leë skilpaddop lê. Hy tel dit op om dit te bekyk. Maar daar het 'n swerm bye ingetrek en die bye pak daardie man en steek hom so dat hy nie weet waar om in te kruip nie, want die man se lyf is met min klere bedek. Hy neem die vlug huis toe maar op weg val hy van pyn neer. Hy gooi toe stof in die lug. Die mense tuis weet wat daardie stofgooiery beteken. Hulle storm daarheen, tel die man op en dra hom onder groot smarte huis toe.

Onderwyl kom die ander man by die leë skilpaddop aan. Hy tel ook die dop op om dit te bekyk en die bye pak hom ook en steek hom so dat hy nie weet waar om in te kruip nie. Hy vlug huis toe maar van pyn val hy op die weg neer. Hy neem ook sy toevlug tot stofgooi in die lug. Net toe die mense die eerste man in sy huis neersit, sien hulle die tweede stofgooiery. Hulle storm daarheen en vind die tweede man in sy smarte. Hulle dra hom huis toe. En die twee was lank siek voor hulle gesond geword en rondgeloop het.

ಜ

Môrester is die hart van Daeraad

☙

Hierdie storie het ek vertel gehoor op Katkop, Lemoenkop en op Klipfontein, langs Hantamrivier (distrik Calvinia) en daaruit is die inhoud saamgestel. Wolf, vir die Boesman, is 'n slim man en hier word vertel waarom hy 'n uitgeteerde agtervoet het; ook waarom die rooikat klossies hare aan die punte van sy ore het en net vleis eet.

Son was eers 'n mens van die ou geslag en het toe in die lig van sy blink gesig rondgestap, gejag en plesier gemaak. Maar die ander ou volk het boos vir hom geword en het hom toe vermoor en hulle kinders het Son se skitterende kop in die lug gegooi, waar dit vandag nog skyn.

Die oudste seun van die ou man was baie gek na sy vader en word toe die boodskapdraer van sy vader en het verskeie werkies vir hom verrig. Die naam van die seun was Daeraad.

Sy eerste werk vroeg in die oggend was om die liggies van die sterretjies dof te maak en dan die blou lug uit te hang, waaragter die sterretjies verberg bly. Daarna staan Son uit sy bed op en die werk vir die seun vir die dag is afgehandel. Hy gaan dan jag, kos grawe of gesels.

Sodra sy ou vader Son sy dagwerk verrig het en van moegheid saans aan die westekant op die rantjies gaan sit, stap die tweede seun, wat Aandskemering heet, oor om sy vader Son in die bed te sit. Dan is Aandskemering ook vry om te doen wat hy wil. Maar nooit het Daeraad en Aandskemering – al was hulle broers – van mekaar gehou nie, daarom het hulle ver van mekaar gaan woon.

Eendag ná Daeraad oudergewoonte vroeg opgestaan en kos en water na Son se bed gebring het, stap hy rond en sien 'n mooi meisie van die ou geslag. Wolf se dogter was ook daar. Daeraad wou met die mooi jong vrou trou maar Wolf se dogter was smoorverlief op die skone Daeraad. Sy word toe jaloers.

Daeraad trou met die mooi meisie en hulle het later 'n mooi meisiekind gehad. Die ouers en algar was baie gek na die kind – net Wolf se dogter nie.

Op 'n ander dag, toe Daeraad die werk vir Son klaargemaak het, neem hy sy vrou en kind veld toe. Hy lê die kind in die koelte onder 'n bossie en gaan jag. Intussen grawe sy vrou en haar jong suster mierrys.

Jakkals kom daar aan en wil met die kindjie speel maar die kind wil niks met hom te doen hê nie. Toe kom Wolf se dogter en wil ook met die kindjie speel maar die kind wil ook met haar niks te doen hê nie. Daarop kom Bobbejaan aan en wil ook pret met die kindjie maak maar die kind wou ook met hom niks te doen hê nie. Laaste kom swart Kraai daar maar sy praatjies staan die kind nie aan nie. Toe die moeder die kindjie optel en met haar speel, lag en spring die kind in haar moeder se arms, want sy ken haar moeder en is bly om weer by haar te wees.

Jakkals word jaloers en draf weg. Wolf se dogter word jaloers en gaan by haar vader – wat daar naby was – kla en huil oor die onskuldige kindjie haar beledig het.

Wolf vererg hom sommer in sy hart en roep uit: "Dis jou eie slegtigheid dat jy nie die vrou van Daeraad geword het nie. Hoekom het Daeraad dan die ander vrou gevat en nie vir jou nie?"

Maar toe sy so bitter huil, kry hy haar jammer en sê: "Ek sal jou vertel wat jy moet doen om die vrou van Daeraad te word: Neem van die swartagtige sweet wat agter jou skouerblaaie sit en gooi dit op die mierrys wat Daeraad se vrou sal eet en jy sal sien wat sal gebeur."

Wolf se dogter hol gou terug en gaan toe na die hut waar Daeraad se vrou die mierrys sit en was. Ongemerk gooi sy van haar armsweet op die gewaste mierrys. En toe die rys gaargemaak is, eet die vrou daarvan, maar sê aan haar jonger suster: "Moenie van hierdie rys eet nie, want ek voel ek word gek en raak van my verstand af."

Daarop val die ringe om haar nek af en lê op die grond; toe val haar armbande af en lê op die grond; toe weer die ringe wat om haar enkels was; daarop val haar karos en velrok af en algar bly op die grond lê. Wolf se dogter vat dit alles en trek haar daarmee aan en sit die ringe aan.

Daeraad se vrou voel dat sy 'n wilde dier word en sy hol die veld in. Haar jong suster hol agterna met die kind agter haar rug en wil haar vang en vashou. Maar die vrou hol ver en vlug 'n kol riete in.

Die jonger suster roep uit: "Wag eers en laat jou kind drink!" Sy oorhandig die kind aan die moeder by die rietkol.

"Ja, gee haar hier, dat ek my kind kan voed voordat ek 'n wilde dier word!"

En toe die kindjie versadig is, gee sy die kind weer terug en sê aan haar jonger suster: "Kom môre vroeg weer, dat ek die kind kan voed, want ek voel dat ek in my harsings gekrink raak. Ek voel ek word 'n dier wat verskeur."

Hierop vat die jonger suster die kind, stap huis toe en die vrou gaan gou weer in die riete lê.

Dié aand kom Daeraad tuis en dag toe dat Wolf se dogter sy vrou is en vra: "Waarom laat julle die kind so huil?" Sy skoonsuster gee geen antwoord nie maar sus die kind aan die slaap.

Die oggend toe Daeraad lig maak, hol die suster met die kind na die rietkol en roep uit: "Suster, suster! Hier is ek met jou kind!"

Die moeder kom uit die riete, vat die kind en ná sy haar kind gevoed het, gee sy haar aan haar jonger suster terug en sê: "Jy moet vanmiddag die kind weer bring, sodat ek my kind weer kan voed voordat ek 'n dier is wat verskeur."

Die jonger suster het die middag en ook teen die aand so gemaak.

Daardie aand gee die ou volk 'n 'Ku-dans: Die vroue klap hande, die mans kom voor die vroue flikkers maak, buig en knik met hulle koppe. Wolf se dogter dink dat hulle die 'Ku-dans vir haar gemaak het maar sy sit in die donker, met haar rug na die dansers toe. Sy was bang om die ringe om haar nek, arms en bene te laat maar lê dié naas haar, waar sy sit.

Toe Daeraad sy flikkers vir skoonsuster kom gooi en haar op die skouer klop, vlie sy om en roep uit: "Waarom gooi jy nie liewers jou flikkers voor jou Wolfvrou nie? Daar sit sy!"

En sy wys haar met die vinger uit.

Toe eers gewaar Daeraad dat dit nie sy vrou is nie. Hy gryp sy assegaai om haar daarmee dood te steek. Wolf se dogter is egter te gou, spring op, trap met haar agterpoot in die vuur, ontvlug en die assegaai steek vas op die plek waar sy gesit het. Haar poot is erg verbrand.

Dit is toe al laat in die nag – amper dagbreek – en Daeraad is kwaad vir sy skoonsuster dat sy die geheim vir hom verberg het en roep uit: "Kom wys my waar my vrou is!"

Maar die skoonsuster antwoord: "As jy lig maak, dan kan ek jou die plek gaan wys, want jou vrou het verander in 'n dier wat verskeur – 'n leeuin."

Daeraad maak lig.

Toe roep die ander ou volk uit: "Laat ons bokke voor ons uitdrywe, sodat die leeuin nie ons nie, maar van die bokke kan vang."

Hulle jaag toe die bokke vooruit en die skoonsuster gaan wys die plek.

Toe hulle by die plek aankom, sê die skoonsuster aan Daeraad: "Kom kruip agter my weg."

Daeraad gaan agter haar staan en koes. Die ander volk gaan weer agter hom staan en koes, sodat die vrou net haar jonger suster kan sien. Toe roep daardie jonger suster uit: "Suster, suster, kom uit! Ek het jou kind gebring, sodat jy haar kan voed."

Die vrou kom toe uit en sien die bokke staan. Sy vang een en toe storm die jonger suster en die volk saam met Daeraad. Hulle pak die vrou, wat nou 'n leeuin is en hou haar vas. Hulle vat van die inhoud van die bok se ingewande en dokter haar daarmee en begin toe haar vel aftrek.

Maar sy roep uit: "Laat die hare op die punte van my ore bly, anders word ek doof."

Hulle trek toe die leeuvel van haar lyf af maar laat die lang hare op die punte van haar ore staan. Sy word weer die mooi vrou wat sy vroeër was maar verander spoedig in die groot rooikat, wat vandag nog die klossies lang hare aan die punte van die ore het.

Deur alles heen bly sy die vrou van Daeraad want sy het 'n mooi vrou gebly. En omdat sy met mierrys getoor is, eet 'n rooikat net vleis en nie rysmiere nie.

Sy kon weer haar eie kind oppas en daardie dogter het kinders gehad en die kinders het ook kinders gehad. Algar is in sterre verander en daardie sterre volg nou hulle ouers en is nou die blinkste sterre aan die hemel.

Toe Wolf se dogter tuiskom, vertel sy van al die leed wat hulle haar aangedoen het, ook dat Daeraad haar met die assegaai wou doodgooi. Toe kook Wolf se bloed van boosaardigheid en hy neem daar en dan 'n besluit om Daeraad dood te maak.

Wolf stap in die nag na die plek waar Daeraad slaap en pak hom. Hy vermoor hom en begin hom afslag. Maar net toe hy die liggaam oopsny, vlie die skitterende hart daaruit en trek in die lug op en word van toe af die môrester. Dis toe dat Daeraad sy vrou, kinders en kleinkinders kom haal om by hom aan die sonopkant van die lug te woon. Die groot blink môrester, moet ons verstaan, is die hart van Daeraad.

ଔ

Aandster is die oog van Aandskemering

☙

Hierdie storie het ons eenmaal vertel gehoor en wel op die plaas Zovoorbij, langs Hantamrivier, distrik Calvinia. Daar was een aand in 1881 'n Boesmandanspartytjie, waar een van die ou mans sy talent in storievertel laat hoor het.

Son se twee seuns – Daeraad en Aandskemering – het van hulle jong dae af al nie met mekaar klaargekom nie. As kinders het hulle altyd getwis en wou nie bymekaar slaap nie. Daeraad se werk het met dagbreek tot sonuit geduur en hy het nie sulke goeie oë gehad nie – dus het hy gewoonlik saans vroeg gaan slaap. As hy in die nag opbly, dan moet daar 'n groot vuur wees om vir hom lig te maak.

Maar Aandskemering het twee groot oë gehad, wat in die donker nes twee vuurvlamme blink. Sy werk het met sononder begin en geduur tot donker; dan rinkink hy in die nag, of gaan jag en soek kos. Omdat hy niks van sy broer (Daeraad) gehou het nie, was sy eerste werk om sy vader (Son) in die bed te sit en kos en water vir sy moeg gelоopte vader te gee. Dan gaan pluk hy die blou lug af wat Daeraad in die oggend uitgehang het, sodat die sterretjies weer aan die hemel kan flikker en skitter.

Een oggend, toe Aanskemering van sy jag huiswaarts

keer en Daeraad gereedmaak om lig te maak – dus net met die begin van dagbreek – ontmoet die twee broers en begin sommer uit die staanspoor twis. Hulle pak mekaar en slaan vuis. Daeraad gryp sand en stof en wil dié in die groot oë van Aandskemering gooi, maar dit is mis. Toe roep Daeraad uit: "Hierdie sand en stof sal muskiete en muggies word om jou saans en snags te byt!"

Aandskemering, nie links nie, gryp water om in Daeraad se nou ogies te gooi – en ook dit is mis. Toe roep hy uit: "Dit sal dou word, om jou pad vir jou soggens nat te maak!"

Omdat Daeraad nie sulke goeie oë gehad het nie, kan algar wat in die oggendskemering rondloop ook nie so goed sien nie, terwyl Aandskemering groot oë gehad het, daarom kan algar beter in die aand as grou in die voordag sien.

Wolf se dogter, wat so verlief was op Daeraad en hom nie as haar man kon kry nie, het tog man gekry maar spoedig was sy weduwee deur die sterfte van haar man. Sy word nog meer verlief op Aandskemering, die ander broer.

Maar Aandskemering het al 'n ander mooi meisie met groot oë vir hom uitgekies en is met haar getroud.

Wolf se dogter gaan vra haar vader se raad en versoek hom om hierdie slag tog beter raad te gee as die laaste keer met Daeraad. Die ou krap sy kop 'n rukkie en dink diep. Hy gee die dink op en roep uit: "Loop vra jou ma!"

Sy stap na haar ma, wat meer kennis van sulke sake het as haar pa en vra haar om raad.

"Kyk, my kind, jy is 'n weduwee; jou man en kindjie is dood. Aandskemering en sy vrou het ook 'n kindjie na wie hulle baie gek is. Ek sal jou aanraai om daardie kindjie te gaan steel; en vind Aandskemering later uit dat jy die kind het, sal hy jou trou – net ter wille van die kind. Maar voor jy gaan, laat ek jou worteltjies gee om die ouers van die kind te toor."

Wolf se dogter vat die worteltjies, maal dié fyn en stap daarmee weg. By Aandskemering se huis staan 'n pot op die vuur en kook. Dit is skemeraand toe sy daar aankom en Aandskemering is nog nie tuis nie. Wolf se dogter, toe sy by die vuur verbykom, roep uit: "A, watse kos kook julle vanaand? Ek het die reuk daarvan al ver kon snuiwe."

Sy maak of sy die kos in die pot omroer en met dié gooi sy skelmpies die toorgoed daarin.

Aandskemering bly laat weg. Sy vrou word honger en begin eet. Intussen steel Wolf se dogter die kind, wat aan die slaap geraak het en vlug met hom want die moeder het ook vas aan die slaap geraak.

Toe Aandskemering die nag tuiskom, lê sy vrou, tot sy verwondering, vas aan die slaap – dis mos iets wat sy in die dag moet doen. Hy maak haar wakker maar sy is deurmekaar. Hulle soek die kind maar vind hom nêrens nie. Die moeder se geheue het verlore geraak en sy kon niks vertel nie.

Die vader is teen hierdie tyd ook honger. Hy wil van die kos in die pot eet maar dit is al bitter. Toe vind hy uit die kos is betower. Hy gaan grawe gou sy eie worteltjies en eet dié, en bring daarvan ook aan sy vrou. Sy kou net effentjies daaraan, voel 'n bietjie beter maar word bang en wil nie nog daarvan eet nie. Al wat sy toe kan onthou, is haar kind en dat 'n dier by haar was. Maar sy verbeel haar dat daardie dier 'n groot muis was. Sy word toe so venynig teenoor muise dat sy hulle vermoor net waar sy hulle kry. Stadigaan verander syself in 'n uil.

Net soos haar man Aandskemering skemerlig maak, ontwaak sy, vlie weg om die muise te vermoor en dan op die tak van 'n boom te gaan sit om "hoe-hoe", "hoe-hoe," oor haar kind te huil.

Toe Wolf se dogter alles bemerk, begryp sy dat dit nou haar tyd is om haar lyf na haar beminde, Aandskemering, aan te bring en sy kom met die kind agter haar rug aangestap. Dadelik herken die kind sy vader en steek sy armpies huilend na hom uit. Sy moeder, wat in 'n uil verander is, ken hy egter glad nie meer nie. Sy vader neem hom in sy arms maar die kind het ook verander, sodat sy vader hom nie as sy kind kon eien nie. En ter wille van die kind, wat hom gedurig omhels en "Pappa" noem, neem hy ook Wolf se dogter tot vrou, wat verlief is op hom.

Kort daarop kom daar teen die aand 'n hamerkopvoël aangevlie. 'n Hamerkop is 'n voël wat alles in die water kan sien wat gebeur, want alles spieël hom in die water af. Hamerkop het oor die hut van Aandskemering gevlie, waarin die familie van Aandskemering sit en gesels. Hy roep toe vir Uil, wat so treurig oor haar kind kerm en haar man Aandskemering stap saam.

Wolf se dogter sit in die hut en luister hoe Hamerkop vertel hoe sy die familie betower het. Sy gryp die kind en vlug met hom op haar rug weg. Toe hierdie bedrog ontdek word, word Aandskemering so boos dat hy sy pyl en boog gryp om Wolf se dogter dood te skiet. Maar hy is te laat. Sy het reeds gevlug.

Hy agtervolg haar tot by Wolf se huis en skop 'n herrie op. Maar Wolf bring hom, nadat hy baie redeneer het, tot bedaring en sê: "Aandskemering, kom stap saam met my na daardie klipkrans toe en ek sal jou wys dat jou vrou en kind fris en gesond is en op jou wag."

Die twee stap saam en toe hulle op die randjie van die afgrond staan, stoot Wolf vir Aandskemering die afgrond af. Aandskemering val tot onder. Een van sy blink oë bars op die plek maar die ander vlie in die lug op en word toe die groot blink aandster.

Die kindjie treur en treur oor sy ouers en is nou nie meer tevrede by Wolf se dogter nie. Hy het weggekwyn, tot hy 'n ystervark geword het, wat uitkom as dit skemeraand word en sorg om voor dagbreek in die klipskeur tuis te wees. Uil sit nou nog en kerm oor haar kind, terwyl Wolf nog elke aand vir Aandskemering agter die westerandjie die afgrond instort.

ଓଃ

Dampertjie en Spuitertjie skiet met weerlig

ఴ

Dampertjie is 'n swartblou goggatjie met 'n langwerpige, ronde lyf. As daar aan hom geroer word, slaan daar 'n swartblou damp uit sy lyf op. Spuitertjie is 'n vaal langwerpige, plat gogga – hulle twee stap gewoonlik bymekaar. Sodra daar aan Spuitertjie geroer word, spuit daar gewoonlik 'n helder straal vloeistof uit sy lyf, wat vreeslik in die oë brand. In hierdie storie word 'n ander verhaal gegee, oor hoe wolke ontstaan het; ook kom die Boesmangeloof uit dat swart weerlig doodslaan en blink weerlig nie. Die rymgedeelte het ons 'n bietjie verbeter, omdat die verteller dit uit Boesmantaal aan ons vertaal het.

Toe die son nog 'n mens van die ou geslag was en rondgeloop het, het sy maters hom vermoor. 'n Ander man het 'n entjie daarvandaan op 'n miershoop gesit en die hele moord aanskou. Hy het gesien dat Wolkkop (of Wolkop) die aanvoerder van die moordenaars was. Ook het hy gesien hoe Wolkkop se vrou en ander vroue hulle kinders gestuur het om die kop van die son in die lug te gooi. Daarna was hulle gerus.

Toe eers gewaar Wolkkop dat die ander man dit alles sit en aanskou het. Wolkkop stap na die man toe en sê: "Hoor hier, as jy gaan vertel wie Son vermoor het, dan vang ons jou en sny jou lewendig op in toutjies vleis! Jy maak jou mond nie oop nie."

Die man is maar van die bang soort en hy belowe hand en mond om met niemand daaroor te praat nie.

Maar die moordgeheim kwel hom daarna baie en hy voel as hy dit nie vertel nie, sal sy hart bars en dat die spokery snags nie by hom sal ophou nie. Aan die ander kant is hy bang om so lewend-lewend in toutjies gesny te word. Daarom maak hy liewers nie sy mond oop nie en maak vir hom sulke kos wat hy tussen sy lippe kan opsuie.

'n Ou towenaar kom by hom en praat met hom maar die man wil geen antwoord gee nie – te bang om sy mond oop te maak, wat die geheim sal laat uitvlug en bekend word.

Die ou towenaar sê daarop: "As jy nie jou gedagte uitpraat nie, dan sal jou hart bars en jy sal op die plek doodval."

Die man voel dit maar hy is te bang om vleistoutjies opgesny te word. Hy gee geen antwoord nie en stap weg.

Hy voel sy hart swel en die sweet tap hom af. Hy kom by 'n ou erdvarkgat, staan en dink, maak die bek van die gat toe en laat net 'n klein gaatjie oop. Daarin sê hy hierdie woorde:

> Dis Wolkkop, die vabond,
> dis Wolkkop en maters,
> ook Wolkkop se kinders
> wat kwaad doen en stilbly –
> wat kwaad doen en stilbly –
> Dis hulle!
>
> Ek praat nou maar reguit:
> Ek het dit gesien, ja;
> maar moet my bek hou, of

hul sny my aan riempies –
Sê hulle!

Maar hou ek my bek toe,
dan bars my ou hartsak.
Nou hoor hier: "Die Sonman
het hulle gemartel –
Dis hulle!"

Voor die woorde kan uitkom, prop hy die gaatjie toe en die woorde bly binne-in die geslote erdvarkgat. Toe is daardie man nie meer bang om sy mond oop te maak, lekker te eet en na hartelus te gaap nie.

'n Ruk daarna hardloop 'n klomp gemsbokke oor die gat. Een van die bokke trap met sy poot 'n gat deur tot in die groot gat en 'n swartblou damp kom deur die deurtrapplek. Die damp is die woorde wat al vermuf het. 'n Lewerikie wat daar naby was, gaan kyk en toe hoor hy daardie woorde, oor wie aanvoerder van die moordenaars van die ou man Son was. Ewe bly vlie hy op in die lug, dartel rond en herhaal wat hy gehoor het – iets wat hy nou nog soggens doen om in die lug met vrolike gesang die boodskap aan Son te bring.

Die ou towenaar, wat 'n stokou broer van Son is, luister na die woorde wat die lewerikie sing en hy stap reguit na die man toe wat die woorde in die erdvarkgat geroep het en hy vra: "Hoekom het jy vir jou as doofstom aangestel toe ek die ander dag met jou gepraat het? Nou, omdat jy die kwaad verberg het, sal jy in 'n swart goggatjie verander. Op die warm sand, wat die son geskroei het, sal jy trap en jou pote brand. En daardie woorde wat in die erdvarkgat vermuf het, sal 'n damp wees wat uit jou lyf sal slaan."

En die man verander op die plek in 'n gogga, wat ons 'n dampertjie noem.

Dampertjie se suster, wat naas hom sit, huil en gaan tekere en wil die towenaar met sand of klippe gooi maar hy verander haar ook in 'n dampertjie, wat toe by haar broer woon.

Dadelik stap die ou towenaar na Wolkkop toe en vra hom waarom hy en sy maters Son so gemartel en vermoor het. Wolkkop wil nog stry maar toe die ou towenaar sy aandag op die lied van die lewerikie vestig, hoor hy dat die voëltjie sing dat dit die woorde van Dampertjie is en hy kon nie meer stry nie.

Toe sê die ou towenaar aan Wolkkop: "Vir jou sal ek ook in 'n gogga verander. Die pyle waarmee jy my ou broer Son geskiet het, sal nou in water verander wat soos vuur sal brand. Voortaan sal jy die spuitertjiegogga wees, wat ook op die hete sand sal rondhol wat Son so warm geskroei het." Van toe af word Wolkkop die spuitertjiegogga.

Spuitertjie is nou baie boos vir Dampertjie en soek net eenstryk deur om hom, waar hy hom kry, dood te maak. In die veld kry hy Dampertjie se suster. Hy steel haar en vlug ver weg met haar.

Dampertjie soek orals na sy suster maar hy kan haar nie vind nie. Eindelik ontmoet hy vir Hottentotsgot en dié vertel hom dat Spuitertjie haar gesteel en met haar gevlug het. Dampertjie is boos en hy stap na die plek waar sy suster sit en treur. Hy vind haar, vat haar hand en broer en suster vlug weer terug. Sy gryp Spuitertjie se knapsak, waarin hy die brandwater opberg, hang dit om haar hals en draf naas haar broer.

Spuitertjie ontdek die vlugtery gou. Hy hol al langs die maanhaar van 'n rantjie, van waar hy Dampertjie en sy suster mooi in die vlakte kan herken. Hy maak wit donderwolke want, waar Dampertjie vlug, maak hy weer swart donderwolke. Spuitertjie skiet uit die wit wolke met blink weerlig. Dampertjie stel sy suster gerus: "Moenie bang word nie. Kom loop aan die ander kant van my, dan kan hy jou nie raak nie." Dampertjie skerm die weerligstraal weg. Die sak met die brandwater skommel in die knapsak en ruk en pluk die suster in haar drafstap rond.

Dampertjie kan nie vir Spuitertjie goed herken daar op die rantjie en tussen die klippe nie, daarom kan hy nie raak skote met sy swart weerlig skiet nie. Hy mik op die plek waar die wit lig vandaan kom. Hulle vlug en vlug haastiger. Spuitertjie kom en kom en bly hol langs die maanhaar van die rantjie, dan voor, dan agter die klippe.

Hy skiet weer blink weerlig maar Dampertjie skerm dit met sy arm af en gooi weer van die swart weerlig na Spuitertjie se kant toe. Hy moedig sy suster aan om gou te loop.

Eindelik sien hy vir Spuitertjie bo teen die lug op die rantjie staan. Hy skiet 'n swart weerligstraal op hom af. Raak! Spuitertjie val en skop met sy voete op die grond – die gedreun daarvan is die gerommel van die donderweer.

Dampertjie moedig sy suster steeds aan om flink aan te draf. Die wit wolke pak swaar op die rantjie waar Spuitertjie lê en skop. Die gedreun rommel hard. Die swart wolke pak dik bokant en om Dampertjie en sy suster, wat nou eers hard vlug, solank Spuitertjie magteloos op die grond lê en dreunings skop.

Hulle is toe al naby die huis. Hulle drafstap slaan oor in hardloop, want Dampertjie soek nou na doktersgoed, omdat die slaan van die wit weerlig teen sy lyf en kop hom hoofpyn gegee het.

Sy suster dokter hom, want sy is bly om weer tuis te wees.

En Spuitertjie het nooit weer tot verhaal gekom om hulle gedurig te pla nie.

Die Boesmans sê: Die swart weerlig maak geen geraas nie en slaan dood. Die blink weerlig maak wel 'n geraas, maar slaan nie dood nie.

☙

Die diere vra om kos en water

ଛ

Sommige van die geestestories van Boesmans is nogal heel mooi opgestel, maar vir kinders, wat alte graag daarna luister, vind die ouers dit nie so doeltreffend soos gewone stories nie. Dus het ons dit goed gevind om sulke verhaaltjies te onderdruk en waar dit nogal op die toneel verskyn, daarmee so min kennis te maak as moontlik. Tog staan dié soort stories in nou verbinding met Boesmangodeleer. Die geestegedeelte van hierdie storie is onderdruk – dus lees maar voort.

Dis lig te begryp dat storievertellers mekaar nie altyd raadpleeg nie: vandaar verskeie verklarings van dieselfde geskiedenis. So kry ons hier ander verklarings as in die allereerste verhale.

Toe die diere en ook die mense gemaak is, het hulle nie kos en water gehad nie. Toe moes die een dier die ander se vleis eet en sy bloed drink. Dit het 'n uitroeiery onder hulle afgegee maar wat anders kon hulle doen? Hulle huil toe oor hulle toestand en soek verbetering. 'n Baie groot olifant, wat so groot is dat hy oor 'n rantjie of koppie kan sien, praat toe en sê: "As ek dood is, sal ek dit baie lekkerder hê as nou. Dan is ek 'n groot gees, wat geen kos en water nodig het nie, want geeste eet en drink nie en as ek 'n gees is, sal ek vir julle algar sorg. My bene sal ek bome laat word, wat vrugte vir julle kan lewer; my senings sal plante word, wat op die grond rank en vir julle waterige waatlemoene en wilde komkommers dra en my hare sal gras word."

Toe praat die gees met die bene, die senings en hare, dat hulle bome, rankplante en gras moet word, wat kos aan die diere moet verskaf en dat hulle hul eie sade moet dra, om hulleself verder voort te plant.

Toe kom daar bome, rankplante en gras.

Maar daar is nog geen water nie. Hiervoor het groot Waterslang mos belowe om te sorg. Hieroor spreek die diere toe die groot slang aan en vra hom waarom hy nog langer versuim om water te maak.

Op die plek kruip hy onder die grond en maak toe die onderaardse waters, wat in fonteine staan of uitborrel.

Die gras en bome langs die fonteinplekke groei toe welig en geil maar die plante op die berge en vlaktes kwyn, verlep en verdor. Toe huil daardie plante en soebat die sterretjies en Maan om tog van hulle water snags op die bome, rankplante en gras uit te giet.

Maar Maan en die sterre antwoord dat hulle net genoeg water vir hulle eie gebruik het en nie daarvan kan spaar nie.

Daarop huil die plante wat op die berge en vlaktes groei.

Die plante aan die waterbronne huil ook saam oor die lot van hulle broers en susters. Hierdie rou gekerm is te veel vir Maan en die sterre, wat toe ook met die dorstiges bitterlik saamhuil en hulle trane val snags in druppels op die blare van die plante, sodat dit soggens nat gedou is.

Die diere het nou genoeg drinkwater by die fonteine, wat deur groot Waterslang gemaak is. Hare sal ook op die grond groei en gras word. Dan sal die diere oorgenoeg kos hê.

Die diere vra aan Waterslang: "Hoe lank gaan jy nog lewe? En hoe lank moet ons nog wag? Want 'n olifant word baie oud."

Hy antwoord: "Hoe lank ek gaan lewe, weet ek nie. Al wat julle hoef te doen, is om die tyd af te wag."

Daarop vra die diere weer: "Waar kry ons water om te drink?"

Hierop antwoord die groot ou slang met die blink steen op sy kop: "So gek om dood te gaan, is ek nie maar ek sal aan 'n plan dink om water te maak. As ek dood is, kan ek dit nie doen nie."

Van al die diere wat sterk genoeg is om die groot olifant dood te maak, is die groot slang met die blink steen op sy kop die enigste, want hy is nie net baie sterk nie maar daarby ook baie giftig.

Groot Waterslang roep toe uit: "Groot Olifant, jy het jou eie vonnis uitgespreek. Jy moet woord hou! Op die plek moet jy dood, dan sal jy en ons algar gelukkiger wees as nou."

Hierop maak Waterslang 'n aanval op groot Olifant en maak hom met sy gif dood. Toe het al die diere eers genoeg kos en drank aan die vleis en bloed van Olifant. Dieselfde aand sien die diere die groot gees van Olifant rondstap, met twee groot vurige oë en bek. Maar die gees stap weg en doen niks vir hulle nie.

So kom hy aand vir aand kyk na sy aas, waaraan die diere eet tot daar glad niks meer oorbly nie. Die plante wat by die fonteinplekke groei, het volop water maar die berge en vlaktes is droog en dor. Dan is die sonstrale ook nog warm en dorstig en die wind is dor en dorstig, daarom lek daardie sonstrale en wind die doutrane soggens vroeg op.

Daar was 'n groot bees, wat baie graag gras geëet het en hy kon nie genoeg daarvan kry nie. Hy sê toe dat hy reën sal maak om orals op die velde te laat uitstort. Hy neem van die waters van die fonteine en gooi dit in die lug. Hy stap van fontein na fontein en smyt water in die lug. Die winde kom van ver af en drywe al daardie waters bo in die lug saam om wolke te vorm. Dan vervoer hy die wolke, wat reën uitskud, oor die velde en so ontstaan die eerste reëns.

Later, wanneer daar droogte oor die land kom, word Reënbees rondgelei om die plekke te wys waar dit droog is. Die plekke wat hulle hom nie kom wys nie, bly droog tot hulle hom eendag daardie plekke gaan wys.

Van toe af is daar genoeg kos en water vir al die diere.

Maar party diere was te moorddadig en wederstrewig en kon nie ophou moor en verslind nie. Hulle wou glad nie veldvrugte en gras eet nie. Leeu, Tier, Wolf, Wildekat, Valk, Uil en nog baie ander wou niks anders as vleis eet nie. Aasvoël het gesê hy is met die aas van die dooie diere tevrede.

En só bestaan die wêreld vandag nog: Die een leef van die ander en sonder die ander kan die een nie bestaan nie.

Boesmangebede

Die Boesmans is deeglik bewus daarvan dat daar hoër magte oor mens en dier geplaas is. Waar dié magte hul huisves, is nie so 'n duidelik uitgemaakte saak by hulle nie. Maar die son, die maan, die sterre en denkbeeldige geeste of diere besit volgens hulle beskouing sulke mag. Daarom wend die Boesmans hulle om hulp en leiding na daardie hemelbolle of na skeppings van hulle eie gedagtes.

Die winternagte is koud en lank. As 'n getroue vader moet die Boesman vir vleis vir sy vrou en kinders sorg en moet reeds soggens, by skaarste van wild, vroeg uitkruip om te gaan jag. Die moeder met haar kinders gaan soms onbeskerm veldkos in die vorm van vrugte, wortels en uintjies soek. Daarom is hulle bly wanneer die son uitkom om hulle warm te maak, sodat die daaglikse laste vir hulle nie so swaar word nie.

As die son uitkom ná 'n bitter koue en hongerige nag, dan draai die vader of moeder hulle gesigte, met die hande voor die oë, na die opkomende son en partykeer sê hulle aan hul kinders om dit ook te doen. Dan roep hy of sy uit: "O, Son, ek is so bly om jou weer volmaak terug te sien en opstaan om jou werk, sonder moeg word, te aanvaar. Maak my net so sterk soos jy dat as ek wild jag, ek nie moeg, honger en dors word nie. Jou gesig blink van warmte. My tande kletter van die koue. My gesig is verrimpel van koue, honger en dors. Skenk my van jou oorvloed. Gooi na my daardie orige kos wat jy nie nodig het nie. Gee my van jou warmte dat ek nie hoef te verkluim nie. Vat my arm, as ek na wild skiet, dat my pyl die wildding mag tref. Dink daaraan: Jy het volop. Ek en my familie ly baie dae knaende honger."

Daarop gaan hulle vlytig jag. As die son te warm word gedurende die dag, smeek hulle om verligting en koelte.

Gaan die son die aand onder en lê 'n nag met koue en honger voor hulle, dan draai hulle weer hul gesigte, met hande voor die oë, na die verdwynende son en smeek: "Weer is 'n dag verby en ons mae is nog honger en die koue begin weer aan ons uitgeteerde liggame kou en vreet. Die leeu is skaam vir jou, die tier is bang vir jou en die wolf is sku vir jou. As jy ons verlaat, dan staan hulle van hul lêplekke op om ons met ons vroue en kinders op te vreet. Bly by ons om ons warmte en beskerming te gee. Maar as jy moet gaan, bly dan tog asseblief nie so danig lank weg nie. Kom gou, want sonder jou wil ons nie alleen wees nie."

As dit nuwemaan word, dan kyk die Boesmans gedurig na die plek waar hulle die jong maan verwag. En wanneer een die vernude maan sien – die maan wat dood was en weer lewend geword het – en wys een die strepie maan aan, dan kyk hulle weer na die plek waar hy wys. En sien hulle die maan, dan sluit hulle die oë met die hand en roep uit: "Dis nuwemaan! Weer nuwemaan! Neem my ou gesig van my weg. Gee my jou nuwe gesig. Neem my gesig weg, wat nie so plesierig voel nie en altyd treur en gee my jou vrolike en plesierige gesig, wat sterf en weer lewend word, wat kwyn en weer lag. Maak my gesig dat dit net so word – al treur ek, dan herleef my vrolike gesig weer. Want toe ons gedink het dat jy dood was, het jy tog gelewe, want hier is jy om ons troos en lewe te gee. Skenk my van die vreugde wat jy daarbo geniet, dat ek ook, wanneer ek sterwe, weer lewend word, om die altyd durende vreugde daar bo te kom geniet. Jy het tog vroeër gesê ons sal nie sterwe nie maar sal weer uit ons slaap ontwaak. Maar die haas wou nie glo nie en stry met jou en nou word ons ter wille van die haas gestraf om te sterwe. Ag, neem dié straf van ons weg dat ons net weer effens in die doodslaap sluimer en weer ontwaak."

Met volmaan word daar weer gebede van dieselfde aard opgesê, maar met die volgende bygevoeg: "Son skiet vinnig met sy pyle. Hy skiet raak met sy pyle en daarom skiet hy stukkie vir stukkie van die volmaan af. Maar hou moed! Jy is onsterflik!"

Die sterre geniet ook baie die godsdienstige aandag van die Boesmans – vernaamlik die planete en die groot skitterende sterre. In die somer is daar 'n soort sprinkaangogga wat saans "tsau, tsau!" skree maar die Boesmans wil nie weet dat dit 'n groot gogga is wat so "tsau, tsau!" maak nie en sê dis die sterre. Hulle beweer dat die sterre die blink oë van leeus, tiers, wolwe, jakkalse, katte en springbokke vervloek, omdat hulle ook in die donker blink. Daarom sê hulle dis die sterre wat "tsau, tsau!" in die somernagte roep – hulle vervloek net wie blink oë het.

As 'n groot blink ster saans bokant die bergrante sy verskyning maak, dan word in die grootste eerbied uitgeroep: "Vat my hart wat gebrek ly. Gee my jou hart wat in oorvloed klop, want ek glo nie dat jy gebrek kan ly nie. Alles daar bo by jou rol en skitter in oorvloed. Vat my maag wat so vreeslik honger voel, my maag, my maag, wat brand van gebrek. Gee my jou maag wat vol is van die lekkerste kos. Jy ly nooit honger nie, daarom is jy so groot, so vet en so blink. Vat my arm wat so sleg skiet, wat nie kan raakskiet nie. Al hou my oog hoe mooi korrel, dit is mis en bly mis. Gee my jou arm waarmee jy so goed skiet – altyd raak en nooit mis nie. Dan sal ek en my vrou en my kinders en al ons mense genoeg kos kry, dat ons gesigte ook kan blink, dat ons harte ook kan skitter, dat ons ook so skoon en vet kan word. Toe help ons, help ons – en help ons mooi!"

Op hierdie manier kom al hulle vereerde wesens aan die beurt. Iedereen word na sy aard aangespreek.

Om 'Kaggen (Hottentotsgot) word hande geklap en gedans. Sy naam staan hoog. Hulle roep uit: "Jy, 'Kaggen, hou jou kop hoog. Jy vat raak waar jy gryp. Leer ons jou slag en ons sal nie gebrek hê nie. Jy eet gulsig maar lekker. Volopkos is jou naam!"

Vir die denkbeeldige waterslang roep hulle uit: "Jou bors roggel, omdat dit vol water is. Die sterre het jou lief – daarom blink die steen op jou kop. Gee ons water in die woestyn, waar die vreemdeling van dors moet sterwe. Gee ons water waar geen water is nie. Kruip onder die grond waarheen ons voetspore heen loop. Laat die water onder die grond stroom na waar ons met ons voete loop. Maar stop die fonteine dig toe as jy die getrap van vreemdelinge hoor. Met jou as ons vriend ly ons nooit dors nie. Maar die vreemdeling moet jy haat, dié wat ons wild kom skiet en verja, wat ons en ons kinders kom verdrywe."

Die reënbees word in tyd van droogte aangeroep: "Waar wei jy nou in die groengrasvleie? Jy het lekker maar ons wild word maer en trek na ander volop streke weg. Ons bene is moeg om die wild te agtervolg. Kom gou, kom gou! Ons kom jou haal om dit hier te laat reën, dat die wild kan terugkom. Ons hoor die geblaas van jou neus. Mistige weerwolke stoom daaruit. Die asem van jou neus ruik soet en verkwik die dor veld. Jou voetstappe trippel oor die grond soos 'n kwagga wat gaan drink. Windmaker is jou naam!"

ଊ

Naberig

୫⳽

Ons het die Boesmanstories in vier dele geskrywe: Deel I bied ons tans aan en handel oor die godeleer en vertellings wat in nou verband staan met die Boesman se godsdienstige opvattings.

Deel II bevat dierestories, soos deur Boesmans vertel. Dadelik sal opgemerk word dat die Boesman se verhale van die diere glad anders klink as die Hottentotstories. By die Boesmans is Wolf glad nie die domkop en Jakkals altyd die slim man nie.

Deel III bevat gemengde verhale wat betrekking het op die Boesmans se gebruike en gewoontes.

Deel IV bevat eweneens gemengde vertellings wat meer van 'n avontuurlike aard is.

Die Boesmanstories is maar nog baie onbekend en daar bestaan geen beter hoop om hulle later beter te ken nie. Dus hoop ons dat oningewydes van baie dingetjies in hierdie Boesmanstories sal hoor wat hulle nog nooit ter ore gekom het nie – daar sal minstens 'n honderd sulke sprokies meegedeel word.

Die lewensaard, die stryd om te bestaan en die gedagtes van 'n Boesman, wat aan uitsterwe is, is wel interessant genoeg om te volg en voer ons eeue terug in die gees, al staan ons nou op die treetjies van hede.

*Deel II:
Dierestories
en ander verhale*

Inhoud

'n Paar woorde vooraf ... 141

Kraai se vernedering ... 145
Die aasvoëls ... 151
Erdvark, Vlakvark, Kwagga en Bosvark ... 156
Hasie, Tinktinkie en Uil ... 160
Die Boesman en Leeu ontmoet in 'n spelonk ... 164
Slang en Skilpad is broers ... 168
Leeu, Wolf en Jakkals ... 172
Die bobbejane en ape ... 176
Die sonbesies en kriekies ... 181
Leeu en Wolf eet oor-en-weer ... 186
Volstruis word weer lewendig ... 190
Leeu word jaloers ... 195
Perdeby en sy vrou ... 199
Moederleeu en die kinders ... 203
Boesmangedigte ... 208
Leeu binne die hut by die kind ... 212
Wolf en sy twee vroue ... 215
Tier is ontevrede met Son ... 220
Ystervark en Vlermuis ... 225
Twee in een skoot ... 230
Hamerkopvoël en die swaweltjies ... 234
Die wolke ... 238
Mierkatte en erdmannetjies ... 243
Die boom wat al maande sterf en weer lewendig word ... 248
"Die dieredans" deur Boesmans uitgevoer ... 253

'n Paar woorde vooraf

&

Tans oorhandig ek Deel II van Boesmanstories aan die geëerde publiek, met die hoop dat dit 'n vriendelike ontvangs mag geniet.

Om die volksvertelling van Boesmans te geniet, moet die toehoorder of leser volkome met die karakter van dié nasie bekend wees. Ek het in die twee dele wat nou in die hande van die publiek is en met die twee wat hulle spoedig sal opvolg, probeer om nie net die blote stories te vertel nie, maar het terselfdertyd gestreef om die volkskarakter te weerspieël. Dus, ná ons al vier dele Boesmanstories deurgelees het, sal ons hierdie besondere volksvertellings na waarde kan skat.

Ek het êrens reeds daarop gewys dat daar wel deeglik verskil bestaan tussen die maniere waarop Hottentotte en Boesmans hulle stories vertel. Die Hottentot is 'n pretmaker (humoris) en verstaan die kuns om eienaardighede van diere op grappige wyse te verklaar. Hy tree op as spottekenaar (karikaturis) en lewer spotprente (karikature) van 'n taamlike goeie gehalte.

Die Boesman daarenteen, is weer 'n kunstenaar (artis). Hy is selfs musikant en digter wat die natuurklanke getrou kan naboots. Waarlik, hy is 'n kind van die natuur en sy taal is 'n gawe van God alleen aan hom geskenk, sodat hy hier nie van ander nodig het om te leen nie. Hy graveer of skilder voorwerpe soos hy dié in die natuur aantref – sonder pogings aan te wend om daarop te verbeter.

Daarom, as ek sy stories deurlees, dan vind ek hierdie karaktertrek as 'n polsslag wat al sy verhale deurstroom. Hiermee wil ek nie te kenne gee dat hy enigsins van oordrywing vry te pleit is nie. Nee, sy diere kan ook praat, nes dié van die Hottentot – ja, hulle kan selfs meer doen: Hulle kan van gedaante verander. Maar as ons bedink wat die godsdienstige begrippe van Boesmans is, naamlik dat die ou geslag hul maklik van Boesman tot dier en van dier tot Boesman kon verander, dan moet ons sulke onnatuurlike of bonatuurlike verskynsels as volkome natuurlik vir 'n Boesman beskou. Met dit voor hom, is hy aan die skep van stories gegaan. Sonder om in die spinnerakke van gissing verwar te raak, wil ek amper beweer dat die meeste van sy vertellings onsigbaar aan werklike gebeurtenisse geknoop is – in ieder geval, dis verdigsels van werklikhede.

Want met deurlees sal selfs die gewone leser bespeur dat die diere hulle rolle nes op die aldaagse toneel speel: Leeu is die gesaghebber en baie sterk; Tier volg hom in rang op; Wolf is onbeskaamd en 'n indringer; en Jakkals is 'n bangbroek en daarom meestal 'n bedelaar. In die vertellings van Boesmans kom dus, ooreenkomstig hulle begrippe, haas geen oordrywing voor nie. So is Boesmanstories ook maar blote karaktertekeninge, of karaktersketse.

In die bespreking van sulke stories loop die opinies van beoordelaars baie uiteen. Die een verklaar dié as blote kinderkamersprokies, die ander weer as bloot wetenskaplike werk; die woorde "soos deur Hottentotte vertel," of "soos deur Boesmans vertel," is peper in hulle oë en verklaar om hierdie rede dat sulke stories vir kindergebruik ongeskik is

– asof ons vaders en moeders ons terug moes geroep het toe die ou mense saans so aantreklik die stories vertel het en dat ons ouers in plaas van die Hottentotte en Boesmans vir ons dié stories moes vertel het. En wat het ons dan gekry? Want wie kan 'n dierestorie so aanskoulik soos die Hottentotte en Boesmans vertel?

Die materiaal wat ek versamel het is ru, maar natuurlik. Saag en skaaf ek te veel daaraan, dan verloor dit sy eienaardige karakter. Lewer ek dit net so in onbewerkte toestand, dan is die enigste aangewese plek daarvoor die boekrak van die ondersoeker van menskunde en volksvertellings. Wat ek egter nagestreef het is om tussen al die rotse veilig deur te seil, naamlik wetenskap aan die een kant, blote vermaak aan die ander kant en egte volkskarakter vlak voor ons. Hierdie drie eise het oor my skouer op my pen gekyk of ek wel getrou aan my strewe gebly het. En dis vir die publiek om te oordeel in hoe verre of hoe na ek die skyf mis – of raakgeskiet het. Dit, egter, is my versekering: Ek het my bes gedoen. As die lesers my poging in hierdie lig wil bekyk, dan is ek meer as beloon vir al my werk van toewyding.

Die skrywer
Hendrina, Transvaal.,
Junie 1919

Naskrif: Toe ek hierdie deel op 'n paar stories na, klaar geskrywe het, is dr. W. H. I. Bleek se *Specimens of Bushmen Folklore* my in hande geval. Dié boek het onvoltooid ná sy dood verskyn en sy skoonsuster, mej. Lucy C. Lloyd, het met baie moeite die werk gepubliseer gekry. Dr. Geo. McCall Theal het daarvoor 'n belangwekkende inleiding geskrywe.

Dog dr. Bleek het sy werk glad met 'n ander doel geskrywe. Hy het die verskillende tale van die inboorlinge van Suid-Afrika bestudeer, maar toe daar 'n gunstige geleentheid hom aanbied om sy aandag aan die Boesmanspraak te wy, het hy meer gedoen as wat baie ander sou gedoen het, om sy werk – *A Comparative Grammar of South African Languages*, waaraan sy hoë reputasie verbind is – terug te sit om eers die Boesmantaal te leer en dan sy kennis daaromtrent aan andere mee te deel. Vir diegene wat die taal van die Boesmans wil leer, sal dr. Bleek se boek goed te pas kom.

Met die deurblaai en lees van die *Bushmen Folklore* was ek getref met die groot ooreenkoms van die stories deur hom en my aangegee. Want hoe is dit moontlik dat die Boesmans hulle volksvertellings so wyd versprei en dit so goed bewaar het? Maar by nader ondersoek, blyk dit dat dr. Bleek en ek ons materiaal omtrent dieselfde tyd op dieselfde oppervlakte versamel het – net hy het 'n paar Boesmans uit die binnelande naby Midden-Afrika en ek het een van die Transvaalse Boesmans gehad – en dit het die ooreenkoms bewerkstellig.

Die skrywer
Hendrina, Transvaal.,
Junie 1919

Kraai se vernedering

ೞ

Hierdie storie is 'n karakterskets, soos die meeste van die Boesmanstories is.

Kraai voel honger en het 'n siek springbok onder 'n bos sien lê, maar hy sien geen kans om die siek dier dood te maak nie. Hy probeer toe om die bok se oë uit te pik, maar die springbok was nog nie so siek nie, dus gaffel hy vir Kraai weg met sy horings. Kraai raak raadop en gaan soek hulp. Dit sal maar swaar gaan om iemand te kry, want Kraai is maar baie inhalig en gun niemand iets nie.

Aasvoël sit daardie oggend bo-op sy hoë krans, waar hulle broei en slaap en beskou die wêreld haarfyn na alle kante toe. Hy wil uitvind of daar nie êrens 'n dier doodlê nie, want hy en sy familie voel honger.

Kraai kom aangevlie en plak hom ongenooi op een van die klippe neer en hulle twee vra oor-en-weer na mekaar se gesondheid.

Aasvoël se antwoord is: "Net sleg!"

Hy vertel toe verder dat hy die laaste paar dae net ongelukkig was: dat hy met sy vrou en kinders sonder 'n kiesvol kos sit.

Kraai voel sommer dat hy by die verkeerde man om hulp kom soek het, want hulle voel albei ewe honger. Hy dink by homself as hy Aasvoël vra om die bok vir hom dood te maak, dan vreet die aasvoëls alles op en hy kry niks nie. Hy voel teleurgesteld en word sommer boos in sy hart.

"Wat het jou vanoggend so vroeg hierheen gebring?" vra Aasvoël toe hy so 'n skewe kyk na Kraai gooi.

"Dit gaan jou nie aan nie! Waarom is jy so vuil – kan jy jou nie was nie? Jy sou kon sê daar is geen water in die wêreld," antwoord Kraai en hy soek skoor. Kraai is 'n ou windmaker en praat meer as wat hy doen. Maar Aasvoël is 'n man wat diep kan dink en doen meer as wat hy mee voor die dag kom. Hy gee vir Kraai geen antwoord nie maar draai sy kop weg en sit soontoe en kyk: beskou die rantjies haarfyn en laat sy oë oor die vlaktes dwaal.

Kraai is vol geselskap. Hy stoot sy bors uit, vrywe met sy bek daarop en roep uit: "Ek is pure man: My naam is Jagter Raakskiet, en ek dra 'n blink pak klere!" En hy hou aan twis soek.

Aasvoël, wat min van sulke bogtery hou, rek sy nek uit,

gee 'n blaas, klap met sy vlerke en storm vir Kraai … en daar trek Kraai, stert in die lug.

Onder in die vlakte ontmoet Kraai vir Leeu. Weer word oor-en-weer na mekaar se welstand gevra. Leeu vertel ook dat hy die vorige nag ongelukkig was: Hy het baie moeite gedoen maar kon geen wildding onder sy naels kry nie en nou brand sy maag van honger.

Kraai merk dat hy by die verkeerde man is om hom die siek springbok te help doodmaak. Hy begin sommer vir Leeu slegmaak en sê dat Leeu se oë agter op die hakke van sy voete sit – daarom kyk hy die verkeerde pad. 'n Struweling vind plaas en weer moet Kraai vlug. Hy gaan toe gou kyk of die siek bok nog daar op die plek lê.

Andermaal probeer Kraai om die bok se oë uit te pik maar die springbok het nog genoeg krag om Kraai te laat proe hoe horingslaan smaak. Kraai moes maar weer sy rugkant wys en verder gaan hulp soek.

Vorentoe kry hy vir Wolf, wat sit en huil. Hy vra vir Wolf waarom hy so hartseer voel en so huil.

Hy kry toe antwoord: "Ek voel baie honger. So honger dat ek 'n olifant in een slag kan opeet. Ek soek genoeg, maar kan nie kry nie."

Nogmaals bespeur Kraai dat hy die regte man maar nie kan raakloop nie. Hy weet dat Wolf gulsig is en nooit sy maat laat weet as hy by kos kom nie. So begin Kraai sommer: "Ek weet waarom jy so huil: Jy huil net omdat jy so sleg is. Jy dra jou oë in jou maag – daarom kan jy die baie wild nie sien nie." Hierop kies hy die hasepad.

Hy ontmoet Jakkals, wat ewe bly is om Kraai te sien. Met vriendelike laggies vra hulle oor-en-weer na mekaar se welstand. Uit die staanspoor sê Jakkals: "Lank nie gesien nie! Toe, trakteer, trakteer! Ek voel so honger, dat ek vanoggend 'n hele springbok alleen kan opeet."

Kraai vervolg: "A, my naam is Jagter Raakskiet en julle kan by my kom leer hoe om boog vas te hou en wild te skiet." Hier bly hy stil, want weer vind hy tot sy spyt uit dat Jakkals nog nie die regte man is om hom met die doodmaak van die springbok te help nie – so word hy meteens parmantig en spog op sy ou manier.

"Maar as daar nie doodmaakgoed is nie, waarvandaan moet ek kos kry?" vra Jakkals bietjie verleë.

"Wat sê jy, is daar nie doodmaakgoed nie? Jy kyk teen jou ooghare vas, want jy eet te veel gom en daarom is jou ooghare aanmekaar vasgelym."

"Toe, kyk en sê of jy gom in my oë sien! Maar ek sien in jou oë paddakomberse en skilpadmelk, want jy leef mos van paddas en skilpaaie."

(Paddakombers is die groen slymplant wat op stilstaande water en vlak strome dryf.)

Kraai voel toe 'n bietjie ingeklim maar kan nie stry nie en skel net en maak keel skoon toe Jakkals op sy gemak wegdraf.

Kraai se dinkertjie staan toe stil: Hy kyk voor hom op die grond, krap sy kop aan die een kant, dan aan die ander kant; hy pik aan sy een poot, dan weer aan die ander poot en hy bevind hom in die middel van ek-weet-nie.

Sonder om daaraan te dink, maak Kraai sy vlerke oop en vlie reguit na die siek springbok om te gaan kyk of hy nog nie dood is nie. Op pad daarheen ontmoet hy vir Bobbejaan wat na 'n wilde vrugteboom toe stap. "A, hier het ek die regte man!" dog hy en dadelik sê hy: "Ou maat, kom hou jy vir my die siek springbok vas dat ek sy oë kan uitpik en dan maak ons hom verder dood."

Bobbejaan gee net een dwars kyk na Kraai maar hy het

verder geen erg aan hom nie en stap na die boom toe.

Kraai, ewe vol geselskap, sê: "Toe, ek sal vir jou die vrugte afpluk en afgooi; kom help my."

Bobbejaan antwoord toe vir die eerste maal: "Waar jy maar dink om by te kom, kan ek self klim en die tak nader trek – iets wat jy nie kan doen nie. Toe, loop maak jou eie springbok dood en laat my met rus."

Ook hier is Kraai by die verkeerde kêrel. Hy sit en dink diep en meteens word sy aandag getrek deur 'n muis wat in 'n voetpaadjie hol. Kraai, wat reeds baie honger is, spring op die muis, vang dit en wil net begin eet.

Maar Slang kruip onder die bossie uit en roep uit: "Vir wat vang jy my muis? Gee dit op die daad hier!"

Kraai kry meteens 'n plan en antwoord: "Ek sal hierdie muis vir jou gee, maar dan moet jy vir my 'n siek springbok – hier naby – doodbyt. Wil jy nie, dan eet ek self die muis op want jy het dit nie gevang nie, maar ek. Is al die muise in die veld dan joune?"

Slang beloof plegtig om die bok te gaan doodbyt maar Kraai moet eers die muis gee. Kraai doen dit, maar ná Slang daardie tamaai groot muis ingesluk het, kan hy nie 'n tree verder seil nie – hy moet 'n baie lang tyd stillê voor die muis in sy maag verteer is en dan eers kan hy wegkom.

Kraai voel weer aan die verkeerde end van die pyl en boog. Hy is spyt dat hy nie self die muis opgeëet het nie. Vir Slang moet hy nou met rus laat want een pik is genoeg om hom poot te laat omkeer. Die beste vir hom, so redeneer hy, is om met Aasvoël te gaan maats maak, want Aasvoël laat tog altyd genoeg vleisies en seninkies aan die afgeëete bene dat hy genoeg kan kry.

Toe Kraai by die springbok kom, is dié al so swak dat hy hom nie meer met sy horings kan verdedig nie. Kraai pik die oë en tong uit, onderwyl die siek bok nog nie dood is nie. Hy het genoeg kos en vlie bo in die boom om slim praatjies te gesels. Verder kan hy niks aan die springbok doen nie, want hy is 'n pure bog en kan nie die bok se vel stukkend skeur nie.

Leeu ruik die bloed en kom. Hy begin dadelik eet.

Kraai roep bo uit die boom: "Wie is daar? Laat staan – dis my springbok wat ek vir my geskiet het!"

Leeu antwoord: "Dis ekke, Leeu! As jy nie so parmantig was nie, dan sou ek nog vir jou iets gelaat het, maar nou niks nie!"

Toe Leeu klaar is, kom Jakkals aan en kou die vleis en senings van die bene af.

"Wie is daar? Loop weg! Dis my bok wat ek vir my geskiet het!" roep Kraai driftig uit.

Jakkals sê: "Parmante kry niks," en steur hom nie verder aan Kraai nie.

Toe Jakkals nog die bloed oplek, kom Wolf daar aan en begin die bene kou.

"Wie is daar? Maak dat jy hier wegkom! Dis my bok wat ek vir my geskiet het," roep Kraai boos uit.

Wolf antwoord terug: "As jy mooi gevra het, sou ek miskien nog aan jou gedink het, maar nou glad nie! Hier is nie eens genoeg kos vir my nie, wat nog te sê vir jou ook."

Toe eers vind Kraai – al blink sy klere so – tot sy leedwese uit hoe min ander van hom dink en hoe min hulle van sy grootpraat en skel maak.

౭౩

Die aasvoëls

☙

Hierdie storie is 'n karakterskets uit die lewe van aasvoëls.

Daar was 'n jong Boesman wat doodverlief was op 'n jong Boesmanmeisie. Maar die jong Boesman se vader en die meisie se vader het baie gestry in die jagveld, sowel as tuis. Amper elke dag was daar rusie tussen hulle. Die vader van die meisie het later besluit om maar ver weg te trek. Hy maak toe so en gaan woon anderkant die berge.

Nou die liefde van die jong Boesman vir sy meisie was baie sterk. Elke nag droom hy dat hy kan vlie en dan oor die berge sweef tot waar die meisie se ouers bly. Hy droom dat hy met haar praat en dat hulle gelukkig saam woon.

Maar die anderdagoggend vind hy uit dat dit maar alles drome is en toe is sy hart baie seer. Hy probeer op alle maniere om te leer vlie. Op 'n dag kry hy dit reg om hom in 'n aasvoël te verander, want hy was een van die Boesmans van die ou geslag.

Hy vaar toe op, op, op in die lug en maak groot draaie in die lug en hy kyk na alle kante toe. Eindelik vat hy koers oor die berge en vlie in die rigting waarin die meisie se ouers getrek het.

Dit geluk hom om die plek te vind. Hy dwaal daar rond, gaan rus dan weer 'n bietjie op 'n koppie – tot hy die meisie sien water toe kom. Hy gaan sit digby haar.

Sy kyk verwonderd op en word bang want die voël hou gedurig sy skerp blink oë op haar gevestig. Sy gryp 'n klip om die voël weg te ja. Maar hy verander hom dadelik in 'n Boesman en daar sien sy dat dit haar minnaar is. Sy is vaal geskrik en bewe van onsteltenis. Hy vertel haar toe dat hy haar kom haal en dat hy haar ook in 'n aasvoël wil verander. Sy is eers skrikkerig vir die plan. Maar toe hy haar vertel dat dit die beste manier is om hulle te verander sodat hulle ouers en die ander Boesmans hulle nie meer ken nie, vind sy die plan goed en vertel van haar voornemens om eers die water huis toe te bring en daar te bly om die saak te oordink. Sy en haar twee jonger susters slaap in 'n klein klipgrot, wat in die aande deur haar ouers met klippe toegepak word.

Daardie nag kom daar leeus en val die hutte van haar vader en moeder aan en eet almal op wat die nag daar geslaap het – net die drie susters, wat veilig in die grot was, het oorleef.

Toe die jong Boesman die oggend oor die hutte vlie, gewaar hy wat gedurende die vorige nag plaasgevind het. Hy val uit die lug met oopgespreide vlerke en hoor die drie susters in die toegepakte grot praat. Hy roep na hulle en maak die kliphuis vir hulle oop.

Ná hulle met mekaar gesels het oor die treurige gebeurtenis, besluit hy om hulle ook maar in aasvoëls te verander, want dan kan die leeus hulle nie meer snags vang nie, omdat hulle dan in bome en klipkranse kan slaap. Hy verander hulle in aasvoëls, want hulle het ook aan die ou geslag van Boesmans behoort. Hy vat die meisie as vrou en die ander twee susters bly toe by die twee wat met mekaar getroud is.

Hulle vlie toe na die berge en gaan by die ander bergaasvoëls woon. Hierdie bergaasvoëls was ook vroeër Boesmans van die ou geslag.

Die jongman was 'n flukse jagter en noudat hy 'n aasvoël is, is hy nog net so uithaler om wild huis toe te bring. Die ander ou bergaasvoëls word toe lui en jag naderhand glad nie meer nie.

Eendag skiet Aasvoëlman (die jong Boesman wat hom in 'n aasvoël verander het) 'n springbok en bring dit huis toe vir sy vrou en twee skoonsusters. Maar hulle drie gee aan die ander aasvoëls ook daarvan. Toe die man terugkom en sien wat daar gebeur het, raas hy met sy vrou en sê dat die ander bergaasvoëls maar self kan gaan jag.

Die vrou stry dat dit nie sy is nie maar wel haar twee susters, wat groot maters met die ander bergaasvoëls gemaak het. Sy neem toe die springbokvel, skroei die hare af, kook dit en sny dit aan stukke. Toe storm die bergaasvoëls en verslind die vel met die grootste vraatsug.

Toe die man terugkom en daarvan hoor, is hy boos en

praat weer met sy vrou daaroor. Sy stry en plaas die skuld op haar twee susters, wat maats gemaak het met die ander aasvoëls.

Die volgende dag gaan jag die man en bring weer 'n springbok huis toe. Die ander bergaasvoëls kom saam met die drie susters eet en toe die man dit later uitvind, is hy ontevrede en praat weer met sy vrou daaroor. Sy hou egter aan met stry en plaas die skuld op haar twee susters. Sy neem die springbokvel ook en brand die hare af en kook dit in 'n pot vir hulle drie om te eet. Die bergaasvoëls wag hulle kans af, storm en in 'n ommesientjie is alles verslind – waaroor die man later ook ontevrede is. Sy vrou plaas die blaam – soos gewoonlik – op haar susters.

Toe sê die man aan sy vrou: "Só kan dit nie langer aangaan nie. Ons twee moet die geselskap verlaat en jy moet saam met my veld toe gaan." Hulle gaan die oggend vroeg weg om te jag.

Die bergaasvoëls en die twee susters is toe raadop wat die kos betref. Hulle gaan sit voor die huise op die klippe om te beraadslaag. Een sê toe aan 'n ander: "Vlie op in die lug om te kyk waarheen die man en vrou gegaan het en bring ons die tyding of hulle wild doodgekry het."

"Nee," antwoord een van hulle, "laat ons die jongste suster stuur, dat sy vir ons die tyding bring."

So vaar die jongste suster ('n klein aasvoëltjie) in die lug op. Sy maal en maal bo in die blou lug. Naderhand vat sy koers in die rigting wat haar skoonbroer en suster gegaan het. Sy verdwyn in die verte. Oor 'n hele ruk kom sy terug, val met oopgespalkte vlerke uit die blou hemelgewelf en gaan sit op 'n rots tussen die ander aasvoëls. Hulle vra haar wat sy gesien het.

Sy antwoord: "Ek het hulle daar ver gesien. Die veld is

mooi oop daar waar 'n dooie springbok lê. Maar die beste sal wees dat hierdie ouer suster van my gaan kyk, dan kan sy beter vir ons kom vertel."

Die ouer suster styg toe op, draai en draai hoog in die lug en eindelik peil sy in die rigting waarheen haar skoonbroer en suster gegaan het. Spoedig is sy uit sig maar na 'n tydjie keer sy terug, skiet uit die asuurhoogte neer en neem plaas op 'n groot klip tussen die ander aasvoëls. Dadelik vra die hongerige pakkasie watter nuus sy te vertel het.

Sy antwoord: "Ek het 'n groot oop vlakte gesien. Die stamme van die bome is hoog kaal. Op daardie vlakte lê 'n dooie springbok en my skoonbroer en my suster is 'n ent daarvandaan."

Toe roep algar tegelyk: "Goeie tyding, goeie tyding! Kom, laat ons op die daad gaan." Hulle sprei hul vlerke en trek op 'n tou daarheen. Gou het hulle die springbok kafgeloop.

Die jongste suster sê: "Ons moet 'n dik en lekker stuk vleis vir ons getroude suster los. Sy het mos nie rusie met ons gemaak nie, maar wel haar man. Waarom moet ons haar ook straf?"

En die ouer suster roep uit: "Ja, daar sien ek haar aankom. Ja, dis regtig sy daardie!"

Maar die ander bergaasvoëls is te uitgeëet en laat niks oor nie, behalwe die afgestroopte geraamte.

Toe die man en sy vrou terugkom, vind hulle net die geraamte van die springbok. Hulle voel neerslagtig maar gaan dadelik weer ander wild soek.

Die volgende dag gebeur dieselfde ding weer. Die ander aasvoëls eet alles en laat net die blote bene agterbly.

Die man en vrou vlie toe ver weg – buite bereik van hul maters en hulle woon nou saam met aasvoëls wat gesamentlik kos soek.

Erdvark, Vlakvark, Kwagga en Bosvark

೮ಾ

Hierdie storie is 'n kort karakterskets van Erdvark en dit vertel waarom kwaggas en vlakvarke saam wei. Die ou Boesmanverteller sê die storie kom van waar 'n groot rivier sonop loop (waarskynlik die Zambezi).

Erdvark neem vir hom 'n vrou uit die vlakvarke. Hy het nie voortande nie, daarom is hy skaam en bang dat die ander hom sal uitlag, dus soek hy maar sy kos in die nag. Sy vrou Vlakvark soek haar kos in die dagtyd en wou eers nie met hom trou nie. Sy sê: "Ek werk in die dag, maar snags wil ek slaap."

Hy antwoord daarop: "In die dag wil ek nie rondloop nie, want dan lag hulle vir my groot ore en spot my omdat ek geen tande het nie. Maar kom saam met my; ek sal jou leer om goed in die nag te sien, aangesien ons al twee aan die ou geslag behoort."

Sy laat haar ompraat en gaan saam met Erdvark. Hulle gaan veld in en neem hulle knapsakke saam. Hy grawe Boesmanrys (jong miere) en sy soek veldkos. As hy Boesmanrys kry, dan moet sy vir hom die knapsak oophou dat hy die rys daarin kan gooi, maar as sy veldkos afpluk of uitgrawe, dan moet sy maar alleen die veldkos in haar knapsak sit, want soveel verstand het Erdvark nie om hand by te sit nie.

Sy praat met hom daaroor, maar hy maak verskonings en sê dat hy besig was, daarom het hy sy plig versuim. Naderhand sê hy: "'n Vrou moet maar self klaarkom."

Dit veroorsaak 'n bietjie stryery, tog is alles weer gou oor.

Hy kry weer Boesmanrys en sy moet kom help en sy doen dit ewe gewillig. Hulle soek nog verder en kry weer rys. Hy grawe dit uit en sy kom hom, soos gewoonlik, help. Daarna stap hulle verder. Onderwyl pluk sy eenstryk deur veldkos en grawe wortels uit en vul haar knapsak.

Naderhand is Erdvark se knapsak so vol dat daar niks meer kan in nie. Voor hulle die rys ingooi, krap hulle altyd eers die grond en kluitjies uit en neem net die skoon rys.

Hy sê toe vir haar om die sak te kom oophou, maar sy antwoord: "Jou knapsak is al vol, waar sal ons nog plek kry?"

"Nou bring dan jou karos wat jy oor jou rug dra," is sy bevel.

"Nee," werp sy teë, "dit kan ek nie doen nie, want ons vlakvarke loop nooit sonder ons rugkaros nie."

"Ek sê jou, bring jou rugkaros hier om die rys op te gooi," is sy bevel 'n bietjie kwaaier.

"Ek sê jou mos, ons vlakvarke loop nooit sonder ons rugvelkaros nie! Begrawe maar die rys in die grond," is haar besliste antwoord.

"Nou vir die laaste maal: Ek beveel jou om jou rugkaros hier te bring om die rys op te gooi," is die strenge gebod.

"Ek kan dit nie doen nie, al wil ek ook en dis nie ons vlakvarke se manier om kaalrug te loop nie," sê sy op nog beslister manier.

Erdvark vlie haar by en trek met sy groot naels haar

rugvel amper af. Toe kom haar ingewande uit. Sy huil, hy word bedroef en roep uit: "Ag my vrou, ag my vrou! Wat het ek gedoen?"

Sy steek haar ingewande in en trek die afgeskeurde lap vel weer op die plek waar dit was en sy lê en huil.

En toe dit dag se kant toe raak, sê die moeder van die vlakvarkvrou aan haar ander dogter: "Ek het die hele nag 'n stem gehoor – 'n stem wat die wind vir my bring – dis 'n stem van gehuil en jammergekerm. Loop kyk of dit nie die stem van jou suster is nie, wat by Erdvark is want dit klink vir my of dit sy kan wees. Jy weet Erdvark is maar dom en kan nie planne maak nie. Hy het seker weer iets onnosels aangevang. Toe, loop en kom gou terug en kom vertel wat gebeur het."

Die dogtervlakvark hol gou en is spoedig terug. Sy roep van ver uit: "Ma, ma, dit is my suster! 'n Stuk van haar rugvel is halfpad afgetrek en Kwagga staan by haar."

Die moeder skrik, staan haastig op en hol na die plek toe. Toe sy daar aankom, vind sy Kwagga nog by haar siek dogter staan en sy roep van ver uit: "Wat het gebeur?"

Al haar kinders het agter haar aangekom en ook haar man, wat 'n ent daarvandaan was.

Kwagga antwoord dat dit Erdvark se werk is en dat hy vir Erdvark gekap, geskop en weggeja het. Die siek dogter bevestig dit. Toe tel hulle haar versigtig op en lei haar saggies na haar moeder se huis toe, waar sy lank siekgelê het maar beter geword het. Erdvark het sy goed laat agterbly en nie gewaag om sy vrou weer te kom haal nie. Van toe af wei die vlakvarke en kwaggas saam.

Erdvark is baie spyt oor die aanval op sy vrou. Hy stap rond van radeloosheid en ontmoet toe vir Bosvark, wat ook in die nag rondloop. Hy probeer om een van die bosvarkmeisies as vrou te neem maar omdat hulle goed in die nag kan sien en weet wat hy gedoen het, wil hulle hom nie hê nie. Hulle bespot hom, sodat Erdvark tot vandag toe nog as eensame swerweling snags ronddwaal en nog altyd besig is om Boesmanrys bymekaar te maak. Maar hulle het sy knapsak weggeneem en nou moet hy alles opeet wat hy uitgrawe.

༄

Hasie, Tinktinkie en Uil

Hierdie storie is 'n karakterskets van Hasie, Tinktinkie en Uil. Die geloof dat Uil dinge vooruit weet, word hierin vertel.

Hasie het nooit van jag gehou nie maar dans was sy voorliefde. Hy rinkink die hele nag deur en in die dagtyd, wanneer daar gejag moet word, dan slaap hy sy lyf uit. Soos die son ondergaan, staan hy op, begin weer baljaar en is tevrede met net veldkos, wat hy teen sononder pluk. Het hy genoeg daarvan, dan begin die gejakker weer tot skimmeldag toe. As hy nie sy veldvrugte kan kry nie, is hy met pure gras ook tevrede. Hy is te lui om water te gaan skep, dus is die dou en sapperige plante voldoende om sy dors te les. Soos die son uitkom, kruip hy in sy huis, wat hy diep onder 'n graspol of 'n digte bossie maak. Of anders soek hy 'n ou, verlate en vlak erdvarkgat op en kruip daar weg om sy lyf nie deur die warm sonstrale te laat brand nie.

Dis Hasie se eie skuld dat hy nou so 'n eensame lewe ly, want vroeër het hy net so min van werk gehou. As dit opskeptyd is, is hy by. Aljimmers is hy by die waterpotte, of die springbokpens, waarin die water gebêre word en drink hom heeltemal versadig. Maar saamgaan veld toe, of water haal, sit nie in Hasie se wit broek nie. Daarom jaag hulle hom weg waar hy kom, want hy is ook mos die parmantjie wat gedurf het om met Maan te stry en te weerspreek dat algar weer sal lewendig word ná hulle 'n ruk dood is. Oor hierdie ding het hulle hom baie gehaat. Selfs Hasie se vrou en kinders woon nie by hom nie.

Toe hy so lekker op 'n warm dag onder die koel bossie lê, sien Tinktinkie hom en hy begin sommer met Hasie te korswel en spot: "Wat slaap jy nog?" vra Tinktinkie. "Dis mos nou tyd vir elke man om te werk. Jag jy dan nie? Wat doen jy om die sous en soppies van jou vleis te verdien?"

"Aag, moenie met my kom lol nie! As my lyf nie so seer en moeg van die dans was nie, dan het jou vere lankal in die wind gevlie," merk Hasie op toe hy sy kop optel en dit weer neerlê.

"Wat, dans? Kan so 'n kiesvol soos jy dan ook dans?" vra Tinktinkie.

"Gô!" brom Hasie. "Jy noem my kiesvol, maar vergeet jouself." Hy sit meteens regop en roep uit met 'n spoggerige stem: "Toe, durf jou ramkie hier bring en speel vir my *Die kwagga wat trippe,* dan kan jy sien hoe ek daardie riel uitkerf." Meteens gee Hasie 'n paar bokspringe om te wys hoe askoekslaan lyk en hoe rats hy dit kan doen.

"Ek sal nooit vir slaap-in-die-kooi my ramkie opmors nie, maar wel vir jag-in-die-veld sal ek 'n riel van my lyf af wegskuiwe," sê Tinktinkie met 'n spotagtige klank in sy stem.

Al wat Hasie hierop sê, is: "Ag so!" en hy kruip ewe lui weer in sy huisie onder die bossie in.

Tinktinkie kan Hasie maar nie met rus laat nie – aljimmers is hy daar om Hasie uit die slaap te wek. So gaan dit totdat die son sak. Toe kom Hasie se beurt om Tinktinkie, wat nie in die donker kan sien nie, uit die slaap te hou. Tinktinkie se huisie hang bo aan 'n hoërige bossie en elke maal skud Hasie aan die tak. Tinktinkie skrik, vlie in die donker uit en stamp hom orals teen die bossies soos hy vlug. Dan neem dit weer 'n geruime tyd om die huisie terug te vind. Pas het hy daarin gekruip, of Hasie is weer daar en is dit maar net so – Tinktinkie vlug en fladder tussen die takkies rond.

Dag na dag en nag na nag duur dié geterg tussen Tinktinkie en Hasie voort tot Hasie moeg word en Tinktinkie glad stuiptrekkings kry van al die vrees. Toe vertel Hasie met 'n laggie dat dit nie hy is wat snags vir Tinktinkie so bang kom maak het nie, maar dat dit Uil is wat dit gedoen het. So ry arme onskuldige Uil aan die pen. Tinktinkie gaan toe al die voëls vertel dat dit Uil met sy groot oë is wat hulle snags die dood op die lyf kom jaag. Die voëls glo dit en hulle los vir Hasie en kom Uil in die dag pla en terg.

Nou die regte storie verloop eintlik só: Hasie was in sy jong dae die seun wat met Maan gestry het om en gesê het as iemand dood is, dan is hy dood en word nie weer lewendig nie. Tinktinkie was in sy kindsdae baie ongehoorsaam en wou nie altyd na sy ouers luister nie, maar het van die veldvrugte gaan eet waarvan sy ouers hom gewaarsku het om nie te eet nie. Die gif van daardie vrugte het toe gemaak dat hy nie meer gegroei het nie, daarom het hy altyd die grootte van 'n kind behou, al was hy naderhand al oud.

Uil was 'n ou towenaar maar hy het dinge gedoen wat hy moes gelaat het. Toe het 'n groter en magtiger towenaar hom dom gemaak en sy mag gebreek. Maar hulle kon nie Uil se gawe om dinge vooruit te vertel van hom wegneem nie. Uil weet tot vandag toe nog wat daar ver aangaan en wat binne 'n maand sal gebeur. En hy vertel dit aan die betrokke persone deur naby hulle huise te sit en "hoe-hoe".

ඏ

Die Boesman en Leeu ontmoet in 'n spelonk

଼ଓ

Al die storievertellers vertel dieselfde storie nie op dieselfde wyse nie. So word in baie gevalle dele van een storie by 'n ander gevoeg. Wanneer verskillende verhale met mekaar vergelyk word, dan kry ons min of meer 'n idee hoe 'n storie inmekaar sit. Hierdie storie is 'n karakterskildering van die gedrag van Leeu.

Leeu behoort ook aan die ou geslag en kan baie fyn planne maak om sy kos in die hande te kry. Eendag, toe die son ondergaan, kry hy 'n plan om reën te maak. Hy laat die lug donker toetrek. Ja, daardie aand word dit so donker soos agter in 'n kliphuis in 'n stikdonker nag. Baie het daardie aand glad so verdwaal dat hulle hul huise nie kon vind nie. En moenie praat van hoe dit reën nie!

Een Boesman het sy pad verloor – hy het geweet dat hy naby 'n spelonk of kliphuis is, maar waar dit juis is, kon hy nie sê nie.

Leeu merk toe dat die Boesman na die klipgrot soek. En omdat dit so hard reën en koud is, hol hy vooruit en gaan die Boesman in die plek afwag deur agterin te kruip.

Leeu is nat en koud: Hy rittel soos hy bewe en toe hy warm word, voel hy vakerig en raak vas aan die slaap, terwyl hy nog altyd so sit.

Die Boesman, wat nog altyd aan die ronddwaal was, kry eindelik die plek en kruip met sy goed op sy rug voel-voel binne. Maar hy hoor iets hard asemhaal asof hy slaap. Die asemhaling is te hard en diep om dié van 'n mens te wees, dus luister hy met gespanne aandag. Hy kan egter nie met sekerheid verklaar wat dit is wat so swaar asemhaal nie. Hy besluit om baie saggies nader te kruip om sy hand effentjies op die persoon of ding te lê. Hy voel en plaas sy hand op 'n harige iets. Hy skrik en om seker te maak, voel hy nog 'n keer. Jou waarlik, dit is niemand anders as Leeu nie – 'n tamaai knewel!

Saggies, soos 'n kat, kruip hy terug en stap voel-voel op die puntjies van sy tone die spelonk uit.

Hy voel aan sy hart wat nou gaan gebeur: Leeu sal sy reuk kry en hom agtervolg. Omdat hy min of meer weet waar hy is, kan hy 'n bekende pad volg en deur 'n stroom swem, want Leeu is maar 'n bietjie vies vir waterstrome.

Leeu skrik wakker toe hy die Boesman se reuk kry. Met 'n geknor en brul bespring hy die plek waar die reuk nog vars is. Hy kap met sy voorpoot in die donker rond, maar alles wat hy aanraak, is net skone lug. Leeu word woedend en brul binnensmonds, maar hardop. Dadelik gaan hy op die reuk van die spoor en maak vinnig om die Boesman in te haal. Hy kom voor die waterloop te staan en sien dis vol. Toe kry hy 'n bietjie spyt dat hy dit so baie laat reën het. Hy moes lank vertoef voor hy deurgaanplek kon kry.

Onderwyl het die Boesman deurgeswem en met 'n bekende pad voel-voel in die pikdonker aangedruk om 'n plek te bereik wat hy goed ken. Hy sien 'n lig en dog dat dit Leeu se oog is wat so sterk in die donker blink. Asemloos steek hy vas en sy hart klop tot in sy keel. Wat nou gedoen?

"Dood is ek, dood!" sê hy saggies. "As dit Leeu is, kan ek nie 'n steek verder vlug nie." Langs die Boesman is 'n diep klipskeur. Hy breek 'n doringtak af, kruip in die skeur en trek die tak voor hom in die skeur, sodat Leeu hom nie kan bykom nie.

Hy het nie te lank gelê nie, of hy kom tot die oortuiging dat die lig wat hy sien 'n regte vuur is, want hy het dit altyd in die oog gehou. Maar om nou te vlug om daardie vuur te bereik, is nie aan te dink nie, want Leeu het nou te veel tyd gekry om hom in te haal. Dis bitter koud, hy voel nat maar wat anders kan hy doen as om tot dag toe in die donker skeur te lê.

Pas het die gedagte deur sy hart gegaan, of die flou maan skyn deur die wolke en maak 'n grou lig – en hier staan Leeu regtig met sy twee blink oë vlak voor die skeur.

Hy roep: "Kom uit, of ek kom jou daaruit sleep!" Die Boesman kruip nes Skilpad in sy dop – of liewers, in die klipskeur. Dis 'n benoude uurtjie.

Gits! Hier hoor hy 'n geritsel agter hom – daar is nie takke om te keer nie. Hy draai sy kop haastig om en toe sien hy 'n syskeur waardeur 'n dowwe lig skyn. Hy hoor stemme van Boesmans en toe kruip hy dieper in, kronkel hom in die sygangetjie en sien 'n groot opening met 'n ander inkomplek. In die groot opening brand 'n heerlike vuur, waarby twee Boesmans wat ook verdwaal het, lê en slaap. Maar hulle het ook vir die gebrul van Leeu wakkergeskrik. Hulle sit nou regop en gryp na hul pyle en boë.

Die Boesman in die skeur praat gou om hulle te laat verstaan dat hy nie Leeu is nie. Het hy dit nie gedoen nie, dan was hy sowaar 'n kind van die dood, want die twee by die vuur sit net klaar om met hulle gifpyle in die skeur in te skiet waarin hy gekruip het. Hulle was bly om mekaar in so 'n gevaarlike oomblik te ontmoet.

Die vuur word groter gemaak om meer lig te gee en om stompe vuur te kry om Leeu mee te gooi as hy durf nader kom. Leeu het ook nie gewag nie: Hy het om die klipstapel van groot rotse kom loer, maar was baie bang om die Boesmans by die brandende vuur te storm – vuur is sy moses.

Hy roep uit: "Stoot daardie man uit wat gedurf het om my in my huis te kom pla – hy is hier, want sy spore hou hierso op!"

"Kom haal jy hom maar self hier uit as jy man genoeg is," sê die ander twee by wyse van grootpraat.

Leeu blaas deur sy baard so woedend word hy, maar hy staan weg vlakte se kant toe want hy is vir daardie stompe vuur net so versigtig as wat 'n slang vir pypolie is. Hy stap sonder om geraas te maak ver om die plek en hou hulle gedurig dop of hulle nie huis toe sal gaan nie, of 'n onbedagte oomblik hom nie 'n kans sal gee om tussen hulle in te spring, een te gryp en met hom weg te stap nie. Maar daarvoor is oom Boesman te oulik: Hulle bly by die vuur sit, al het die brandhout amper opgegee – en huis toe gaan is nou net min by hulle.

Toe die son uitkom, stap Leeu nog om die klipkoppie maar toe die aarde heeltemal onder die gloed van lig lê, stap Leeu ewe teleurgesteld na sy huis toe in die digte bosse, want so dapper as wat hy is, sal hy dit nie sommer waag om 'n man in die helder daglig te pak nie. Dit gee die Boesmans geleentheid om ook na hulle huise en families toe te gaan. En daar was groot blydskap.

ଓଃ

Slang en Skilpad is broers

※

In hierdie storie word die leefwyse van Slang en Skilpad in 'n karakterskets weergegee. Hierdie verhaal is deur 'n Transvaalse Boesman vertel.

Daar was twee ou Boesmans van die ou geslag. Elkeen het 'n seun gehad. Maar die seun van die een was 'n onnut en die seun van die ander was knap met jag en hy kon mooi dans en ramkie speel. Dit het die jaloersheid tussen die twee seuns se ouers gaande gemaak.

Eendag kry die een vader – naamlik die vader van die onnuttige seun – die goeie seun alleen in die veld. Hy gryp hom, sny sy arms en bene af, vat sy mooi gebreide karos en gee hom 'n ou stuk harde buffelvel in plaas daarvan. Die ou stap toe weg en vertel niks daarvan aan die ander Boesmans nie.

Die goeie seun het toe nie meer arms en bene waarmee hy kan jag, dans en musiek maak nie. Hy moes maar so goed of sleg as hy kon rondkruip en van veldkos lewe. Hy het baie verdrietig gevoel en was spyt oor sy mooi karos. Nou moet hy met die hardgeworde koue buffelvel klaarkom. Hy word toe die groot bosveldskilpad.

Die vader van die goeie seun gaan soek oral na sy kind.

Hy kry wel vir Bosveldskilpad maar hy ken hom nie en weet nie dat Bosveldskilpad sy kind is nie.

Dieselfde ou Boesman kry weer 'n seun, maar daardie seun was 'n kwaaikop en nie so sagsinnig soos sy broer nie. Hy was gehoorsaam aan sy ouers maar van die vader van die onnuttige seun wou hy niks verdra nie. Hy was darem versigtig vir hom en het uit sy pad gebly.

Die vader van die onnuttige seun was 'n ou towenaarman en reënmaker. Hy kon hom in enige ding verander – net soos hy lus kry. Hy verander hom in 'n pragtige voël, wat rooi en geel, blou en groen, wit en swart vere het. Hy gaan in die veld op 'n boom naby die jongste broer van Skilpad sit en sing. En hy pronk met sy mooi vere.

Die jong broer sien die mooi voël wat so pragtig sing en kry sommer die gedagte dat dit die ou towenaarman moet wees. Hy staan stil om te kyk of daar kans is om hom met sy pyl en boog dood te skiet. Hy bekruip die voël en kom digby.

Dis net wat die ou towenaarman wou hê. Hy vlie van die boom af, verander hom in die ou Boesman en pak die jong broer van Skilpad en sit hom onder.

Hy sê toe: "Jy sien die son daar! Jy moet nou mooi kyk hoe hy lyk want dis die laaste dag dat jou parmantige oë dit sal sien en dat jou parmantige mond sy naam sal noem."

Hy sny toe Skilpad se broer se kop af en sny hom van onder na bo in twee stukke. Hy laat die twee stukke so lê en stap weg sonder om die ander iets te sê.

Die son gaan onder, dit word donker en die maan kom uit. Jakkals kom by die stukke liggaam om daaraan te eet maar Maan, wat self al maande lewendig word, giet van sy dou op die twee stukke en die been en arm van elke stuk rek hul uit en elke stuk word 'n lang Bosveldslang. Albei slange staan sommer reg vir Jakkals. Hy vlug en die twee slange begin toe rondseil, iedereen vat sy eie koers.

Die vader word onrustig toe sy ander seun ook nie huis toe kom nie. Hy gaan soek weer. Hy kry die groot Bosveldslange, maar ken hulle nie en weet nie dat dit sy ander seun is nie. Van toe af het hy geen seuns meer nie.

Maar Skilpad het geweet dat hulle sy broers is. Dus maak Slang en Skilpad tot vandag toe nie rusie nie.

Eendag loop die stout seun van die ou towenaarman in die veld rond. Hy sien vir Skilpad en tel hom op om hom te gaan braai. Een Bosveldslang sien dit: Hy bekruip die onnuttige seun, woel sy lang lyf om die stoutert, druk van sy ribbe stukkend, spoeg hom nat met sy slym en begin hom van die voete af insluk.

Maar die stoutert het nog genoeg krag om stadig sy een been opsy te trek, sodat Slang nie albei bene gelyk kan insluk nie. Slang begin die stout seun van die voet af insluk en toe hy die een been heeltemal ingesluk het, toe eers gewaar hy dat die ander been nog buite is. Hy spoeg die been weer terug, sit die onnuttige seun se bene weer bymekaar en wou van die voete af begin sluk.

Andermaal trek die seun sy een been opsy, sodat Slang hierdie slag weer net die een been beetkry. Toe Slang die een been binne het en nie verder kan sluk nie, stoot hy die been terug uit sy bek en begin weer die twee bene langs mekaar te plaas.

Net toe kom die towenaarman sy seun soek. Hy kry hom net toe Slang met hom besig is. Toe Slang dit gewaar, staan hy reg vir die ou Boesman, maar die ou man raak Slang baas en maak hom dood. Die towenaarman is net betyds om sy stout seun van die dood te red. Daardie seun het sy hele lewe mankoliek gebly: Hy het altyd skeef geloop.

Skilpad het dit alles stilswyend aanskou. Hy was weerloos en kon homself nie verdedig nie, behalwe om in sy dop te kruip as hy gevaar bespeur. Met hierdie gedoente het hy gevlug en hom onder 'n bossie gaan wegsteek. Sy familie ken hom nie, dus stap hy maar treurig en eensaam deur die veld. Hy leef van veldkos en drink dou en die sop van sapperige plante en het verleer om water te drink, want as hy op 'n baie warm dag by water kom, dan druk hy sommer sy hele kop onder die water.

৪

Leeu, Wolf en Jakkals

ಏ

Hierdie storie is 'n duidelike skildering van wat Leeu, Wolf en Jakkals doen as hulle wild vang.

Leeu is ook een van die ou geslag – daarom is hy Leeu. Hy is man! Wolf kan ook jag. Hy kan ook iets in die hande kry, maar waar Leeu nog bly staan en sê: "Durf nader kom!" het Wolf al lankal rieme neergelê en gehol dat hy klein word. Van Jakkals nie eens gepraat nie! Hy is 'n bedelaar; hol vir die kleinste geritsel en kan dan sulke fyn draaie om die bossies maak dat hy sommer hierso-hierso by jou wegraak.

Eendag toe die son ondergaan, staan Leeu van sy slaapplek op, rek hom ewe lui uit en begin teen die wind op te snuiwe. "Arrie, vrou, ek ruik kwaggas – ek ruik hulle hier naby. Toe, kom jy en die kinders maar agter my aan en hol nader net so gou ek die kwagga teen die grond het."

Hy stap teen die wind op en toe hy die kwaggas deur die bome en bosse sien wei, gaan hy koes-koes nader en lê hulle voor. Toe die leeuvrou dit sien, weet sy dis haar tyd. Sy gaan saggies om, maak die kwaggas skrik, hulle vlug en daar het haar man 'n kans. Hy spring uit sy skuilplek op en met een sprong sit hy bo-op 'n kwagga. Hy slaan sy naels diep vas in die vel en pak sy prooi met die tande agter die nek, sodat hy die dier teen die grond laat val. 'n Worsteling vind plaas en die wyfie kom by. Dit duur nie lank nie, of hy is oorlede kwagga.

Toe storm die twee of drie kinders nader. Hulle brom en knor so woedend asof hulle self die wild gevang het. Die twee oues skeur die vel van die kwagga plek-plek weg om vir hulle en die kleintjies vreetplek te kry – dit is nie eet nie, maar gulsig vreet.

Wolf en Jakkals, wat ook al teen hierdie tyd rondsnuffel, het gou die bloed geruik, die rumoer van die kleintjies gehoor en nader gedraf.

"Asseblief, Leeu, gee tog vir my ook 'n stukkie," vra Wolf.

"En vir my ook 'n stukkie," smeek Jakkals.

"Wat praat julle daar? Die kinders raas so dat ek julle nie kan verstaan nie. Kom nader," sê Leeu met 'n vonkel in sy oog, asof hy wil sê: "Durf tog asseblief nader kom, dan kan julle hare sien waai en gehuil en tjank hoor."

Die twee waag dit. Hulle kom stert tussen die bene smeek-smeek nader. Hulle voel darem nie perdgerus nie.

"Waau! Haau!" is al wat Leeu sê toe hy probeer kyk hoe diep hy sy naels in Wolf se vel kan inploeg. Wolf huil en vlug.

Jakkals sê net: "Die deksels!" en staan ver op die vlakte.

Wolf staan en huil: "Hoe-hoei! Hoe-hoei!" toe hy sien hoe manhaftig Leeu hom staan en agternakyk, tongaflek en weer gulsig gaan vreet.

Jakkals is op sy senuwees en in die verwarring staan hy en tjank: "Haa, eina! Soe, eina!" en dan begin hy meteens in 'n lag deurslaan: "Ha-ga-ga! Ha-gè-gè, ha!"

(Die Boesmans kan die geluide beter naboots as wat ons dit kan neerskryf.)

"Oee! Oee!" brul die oues binnensmonds. "Njirr, njirr! Ma-au, ma-au!" knor die kleintjies soos hulle dreig.

('n Klein leeutjie miaau net soos 'n kat.)

Wolf staan kop in die lug en huil. Hieroor vererg Leeu se vrou haar en sy maak 'n draai onder Wolf en die tjankende Jakkals, wat teen hierdie tyd gaan sit het en kop in die lug met uitgesteekte tong sit en tjank – maar sonder trane.

Die twee hardloop met 'n vaart veld se kant toe dat die bossies so kraak. Toe hulle die wyfie weer aan die vreet sien, kom hulle voetjie vir voetjie nader en snuiwe in die lug of hulle betaal word. Maar kans kry om 'n lekkie te steel, is verniet.

Jakkals en Wolf het al hotkant toe en haarkant toe gestaan maar nou ja, die groot lus het hulle sommer alkant toe laat staan. Hulle moes maar behoorlik wag tot Leeu en sy familie klaar geëet het en versadig wegstap om onder die naaste boom te gaan lê om te kyk wat gaan gebeur.

Toe draf Wolf en Jakkals gulsig nader en val weg.

"Hier jou kring!" roep Wolf teen Jakkals uit: "Wie het jou toestemming gegee?"

En Wolf hol al agter Jakkals en hap-hap na hom. Plek-plek byt hy raak maar meestal hap hy net die lug raak en wat nie weghol nie, is Jakkals.

Leeu kom onopgemerk saggies op die puntjies van sy vier pote en vlie onder die twee rusiemakers in en roep uit: "Wat is dit hier met julle twee te doen?" Jakkals kry 'n paar skrams krappe en Wolf kry genoeg daarvan om sy hare te laat waai – en daar laat spaander hulle. Leeu se vrou bars uit van die lag en die kinders skater en rol van die pret.

Leeu brul deur sy baard, gee 'n paar lekke aan die bloed en gaan weer by sy vrou en kinders onder die boom lê.

Ná Leeu en sy vrou vir Wolf en Jakkals genoeg getempteer het, laat hulle die twee maar hul eie gang gaan. Wolf sien toe dat dit hom beter betaal om sy lyf by die vleis en murgbene te weer as om Jakkals daarvan weg te hou.

Jakkals weer, weet goed dat dit hom nie betaam om te naby Wolf te eet nie. Hy is mos 'n bedelaar en lewe van bedel, daarom gaan hy sit, hou sy kop in die lug, steek sy tong uit en sit en tjank om sy hart in verdriet uit te stort. Maar nou hou hy een oog op die aas om te kyk waar die lekker vleisies en seninkies sit en die ander oog hou hy op Wolf gerig om te loer wat dié doen. Al waarvoor hy moet sorg is: as Wolf een kant van die aas eet, dat hy dan aan die ander kant eet.

Ja, dat hulle nou so slim is, is omdat hulle ook eers Boesmans was wat Leeu, Wolf en Jakkals geword het.

༄

Die bobbejane en ape

৩

Hierdie storie is miskien nie een van die oudste nie, want dit kry met wit mense te doen. Ek vertel dit egter net soos die ou verteller dit aan my meegedeel het. Dit toon sekere karaktertrekke van bobbejane en ape.

Wat lyk tog meer na die menslike geslag as bobbejane en ape? Dit kan ook nie anders nie, want hulle is Boesmans van die ou geslag wat hulle in daardie diere verander het.

'n Bobbejaan is amper so slim soos 'n mens. As die bobbejane gaan kos soek, dan gaan 'n oue bo-op 'n hoë plek sit om skildwag te hou. As hy onraad gewaar, moet hy alarm maak. Kom daar gevaar en hy skree nie, bewaar dan sy gebeente as die ander hom weer in hande kry! 'n Bobbejaan hou gedurig sy oë op sy kinders as hulle saam met die klomp wei. Vir die geringste oortreding, of skynbare foutjie, moet die stof uit sy hare vlie. Ja, bobbejane is streng ouers en sien niks deur die vingers nie. Maar hulle is soms onbillik teenoor hul kinders, want as die kind 'n lekker stukkie kos kry, soos 'n skerpioen waarvan hy die stert afgepluk het, dan gryp die pa of ma hom agter die nek, steek die voorvinger in die kind se mond en grawe die lekker stuk kos uit die kind se kiessakkie en eet dit self op – vandaar dat die kind so hard skree as hy weerstand bied sodat die bergklowe daarvan dreun.

Ape vang ander spektakels aan. Hulle is nie so raserig soos bobbejane nie en woon graag waar hoë bome en water is. Vlug hulle in bome, dan kyk hul eers waar hul kinders is – een roep is genoeg vir die kind om aan die moeder vas te klou as sy die takke inspring en hulle steek hul dan agter dik takke weg. Op die weiveld kry die arme kinders nie so baie slae nie maar hulle moet deeglik op hul pasoppens wees, of hulle kry 'n pluk aan die stert of 'n oorkonkel. Voordat hulle hol, staan hulle regop op hul agterpote en rondkyk.

Eendag het daar jagters van die sononderkant (van die seekant) gekom, 'n Boesmankind gevang en met hulle saamgeneem huis toe. Die jagters was wit mense en hulle het die Boesmantjie Jantjie genoem en hy het lank by hulle gebly.

Jantjie kon nie verstaan dat sekere goed net aan een persoon behoort nie. By Boesmans is net sy pyle en boog, sy vrou en kinders, sy velle en kieries syne – verder behoort die grond, die wild, die veldkos en water aan almal. So het Jantjie ook gedog toe hy by die wit man kom, dat hy maar net kan vat wat sy oë sien. Hierdie ding wou die wit man nie toelaat nie, wat tot gevolg gehad het dat Jantjie se sitplek baiekeer vir hom warm gemaak is. Hy maak toe later plan om weg te loop en dae tevore pak hy stilletjies kos in sy knapsak. Hy steel brood, meel, koring, vleis, vis en net wat hy skelm-skelm in die hande kan kry – vernaamlik tonteldose en vuurslae, messe en tabak.

Die landstreek waardeur hy moes terugvlug, was deur ape en bobbejane bewoon. Die ape het langs 'n groot rivier gewoon en was glo ou Korannas wat ape geword het. En die bobbejane het in die ranteveld geboer en was glo ou Boesmans wat in bobbejane verander het, wat nou net van veldkos en goggas lewe.

Toe Jantjie by die rivier kom waar die ape woon, sien hulle hom. Die een sê aan die ander: "Kom ons lê die man voor, hy dra goed: Laat ons hom doodmaak en die goed afneem."

"Toe, toe, kom ons gaan!" skree algar gelyk en hulle met hul vrouens en kinders hol na Jantjie. Hulle was baie en Jantjie was alleen.

"Wat moet ek nou doen?" vra Jantjie homself af, want vir 'n aap kan niemand padgee nie.

Die kinders sien koringkorreltjies uit 'n klein gaatjie in die sak val. Hulle tel dit gretig op en roep uit: "Maak hom dood en gee vir ons die lekker pitjies wat in daardie sak is!"

Die ou ape gryp latte en woel onder die kinders en sê: "Julle is kinders; moet julle só teen 'n man praat? As die goed verdeel moet word, dan vat ons grotes dit en nie julle kinders nie." En die ape is verder parmantig teenoor Jantjie en hy wis nie wat om te doen nie.

Weer roep 'n kind uit: "Gee vir my daardie ding wat net soos 'n ster blink (die blikemmertjie)".

Die kind kry 'n pluk aan sy stert om sy mond te hou.

Toe Jantjie hoor van "blink ding", kry hy sommer die gedagte dat ape bang is vir 'n groot geraas. Hy kry moed en begin met die ape te korswel en spot. Hy vra: "Waarom is julle bakkies so swart? Kan julle dit nie was nie? Kyk, net bokant julle oë is die vel nog wit as julle jul oë so agtertoe ooprek."

Dit maak die ape woedend en hulle roep uit: "Kom, storm hom!"

Meteens slaan Jantjie op die blikemmer en maak 'n helse lawaai. Die ape skrik en vlie om. Die kinders tjank, die oues skree en skeur die veld vorentoe. Hulle vlug die hoë bome in en so kry Jantjie kans om te ontvlug. Voor hy stap, maak hy die emmertjie vol water en koes toe na sy ou huis toe.

Van hier lê sy pad deur die ranteveld, waar die bobbejane woon. 'n Ou skildwag sien hom gou aankom. Hy roep uit: "Daar stap 'n man met goed agter sy rug!"

Algar staan op hulle agterpote. Sommige gaan sit om te kyk. Hulle gewaar hom.

"Kom ons gaan keer hom voor!" roep algar gelyk uit.

Toe die oues by hom kom, volg die wyfies en kinders in 'n trein agter die ou mannetjies aan en kom ook kyk. Hulle was baie en Jantjie was nog alleen.

Jantjie skrik en word sommer bang, want daar was groot knewels onder hulle. Hy vlug in 'n boom. Nou kan hy nie op sy blikemmertjie slaan nie want dit is vol water; en gooi hy die water weg, sal hy swaar dors kry en wat maak hy dan?

"Wat dra jy daar?" vra die ou grotes en sê: "Gee dit vir ons!" Daarop wil hulle sommer die boom inklim om die goed af te neem.

Jantjie moet nou 'n ander plan maak. Hy weet dat bobbejane baie bang is vir gewere. Hy word toe geruster. "Pa, pa!" roep die kleintjies uit, "die man het so 'n mooi ronde kop; maak hom dood en gee vir ons die kop om mee te speel, want dit lyk so hard en sal nie gou breek nie."

"Sal julle jul monde hou! Julle is kinders en hoe durf julle so van 'n uitgegroeide man praat?" merk die ou skildwag op toe hy oorkonkels en oorwakse regs en links uitdeel.

Die kinders sit 'n keel op en tjank dat die klowe daarvan antwoord gee. Die moeders hol en pluk die kleingoed aan die ore en hare en die geskree word nog erger.

Jantjie begin die bobbejane uitkoggel en met 'n laggie sê

hy: "So 'n klomp lelike gevrete het ek nog nie so naby my gesien nie. En o, kyk hoe lyk julle oogbanke! Nes 'n krans aan die voorkant van 'n rant. Ga, ga, ga! Arrie, staan tru met julle plat en agteroor voorkoppe!" Hy lag dat hy so skud.

Dit maak die bobbejane nog 'n bietjie nydiger en hulle storm sommer die boom om Jantjie daaruit te pluk.

Toe roep hy: "Boer, Boer, bring jou roer! Hier is die lelikerts waarna jy soek – kom gou!"

Daar was toe nie skildwagte uitgesit nie, so weet hulle nie hoe die wêreld rondom lyk nie. Dus, sonder om nog rond te kyk, kies hulle koers na die bergkranse om daar te gaan sit "Hoggem! Hoggem!" Jantjie vlug toe na sy huis toe.

ᛜ

Die sonbesies en kriekies

∽

Hierdie storie vertel die geskiedenis van die sonbesie, wat in die Boland "boomsingertjie" en in die Karoo "doringbesie" heet.

As iemand baie vir sy kinders ly, dan het die pa of ma die kind ook baie lief. En gaan sulke kinders dood of dwaal hulle weg in die veld, dan treur hul ouers baie oor hulle. Dit was die geval met 'n ou Boesman en sy vrou.

Hulle het maar een kindjie gehad – 'n klein jongetjie. Die vader en moeder gaan eendag Boesmanrys (jong miere) grawe en hulle neem die kind saam. Die kind raak vas aan die slaap. Sy moeder haal hom van haar rug af, bind hom in haar rugkaros en lê hom in die skaduwee onder 'n bos. Sy en haar man was druk besig om Boesmanrys uit te grawe. Hulle was so druk aan die grawe dat hulle oë net by hulle werk bly.

Meteens sien hulle 'n leeu by 'n hartbees lê. Hy is reeds versadig geëet. Hy staan op en stap reguit na die kind wat vas aan slaap is onder die bos. Hy tel die karos met die kind op, stap daarmee weg en gaan daar naby onder 'n boom langs die kind lê en stert roer. Hy het gedog die kind is dood, daarom hou hy net die ouers in die oog om te sien wat hulle sal doen.

Die moeder wou 'n beroerte van die angs kry. Die vader het net nog drie gifpyle by hom en daarmee moet hy spaarsamig omgaan. Hy koes weg en kruip so plat op die grond as wat hy kan tot by 'n dik boomstam. Hy hou hom baie smal en kruip nader aan die boom. Die leeu het hom toe nog nie gewaar nie, maar hou die moeder in die oog.

Maar toe die vader by die dik boomstam kom, gryp hy so rats soos 'n aap die bobbejaantou wat teen die boomstam oprank. Hy klim op om buite die bereik van die leeu te kom.

Toe gewaar die leeu hom. Hy staan op en swaai sy stert heen en weer – en hy storm die boom. Die vader klim haastiger, die bobbejaantou ruk bo los, die vader kom 'n ent teen die stam af, maar gelukkig bly die tou bo vas. Maar tog, die vader het soveel gesak dat die leeu hom 'n raps met sy naels oor die voet gee en die bloed stroom.

Toe die vader bo in 'n mik van die boom sit, vat hy korrel met sy pyl en boog en skiet op die leeu. Die pyl skram teen 'n takkie weg en dit is mis. Nou het hy nog net twee gifpyle.

Die leeu hap na die pyl, begin brom en gee kort brulle. Toe word die kind wakker en begin angstig huil. Die leeu wil daarheen hol, maar die vader maak asof hy wil afklim en maak 'n lawaai en gooi sy karos neer. Die leeu vlie om en pak die karos. Toe neem die vader mooi sy kans om te skiet – weer skram die pyl teen 'n takkie weg want die plek waar die Boesman in die boommik sit, is bra ongemaklik.

Hy het nou nog maar net een pyl en daarmee moet hy werk asof dit die kosbaarste van alle kosbaarhede is. Weer maak hy 'n groot lawaai om die aandag van die leeu te trek – die leeu kyk op met 'n oop bek. Nou het hy 'n pragtige kans, waarvan hy sonder versuim gebruik maak – en hy tref die dier met die gifpyl diep in die keel. "A, nou het hy sy pruimpie binne!" Hy brul en gaan tekere. Die Boesman maak elke keer of hy wil afklim om die bose dier daar te hou. Dit duur nie lank nie – die gif van die pyl trek en die leeu slaan neer toe hy 'n paar tree weggestap het.

Toe die vader uitroep: "Nou is die leeu dood!" spring die moeder van haar wegkruipplek op en hol na haar kind, wat nog al die tyd lê en huil want hy was nog baie klein. Sy gryp hom en hol reguit huis toe. Die vader het die leeu afgeslag en soveel vleis as hy kon dra, huis toe gebring.

Wel, jare het verstryk en die moeder het weer 'n kindjie – hierdie slag 'n dogtertjie. Toe die dogtertjie al kan rondspeel, gaan die moeder by die fonteinplek matjiesgoed sny om matte van te maak. Die kind het daar rondgespeel. Sy het te naby die gat waterbiesies gepluk en die watergees het uitgekom en die kind in die gat water ingetrek. Die kind huil; die moeder hoor dit en sy spring in die water om haar kind te red. Sy het in groot lewensgevaar met die watergees geworstel. Sy red haar kind en swem met die dogtertjie, uitgeput en halfdood, kant toe. Sy was verskrik, maar tog baie bly.

So kan ons sien dat die vader en moeder groot gevare vir hulle kinders getrotseer het en daarom het hulle die twee kinders so liefgekry. En die kinders was baie gek na hulle dapper ouers, daarom was hulle so gehoorsaam.

Die vader kon baie mooi viool speel en die moeder het geleer om die ramkie goed te speel. Hulle het dié musiekinstrumente van springbokvel gemaak, wat hulle eers haaraf gemaak het, skoon uitgeskraap het en toe oor 'n kalbasdop getrek het. Die snare het hulle van die derms van 'n bok gemaak en die strykstok van die sterthare van 'n kwagga.

As die ouers so speel, dan kom die twee kinders voor hulle ouers dans en dit was vir algar tog te mooi. So het hulle baie plesierige aande en nagte om die veldvuur deurgebring – vernaamlik as die vader die dag 'n goeie jag gemaak het.

Eendag is die twee ouers nie fris en op hulle stukke nie. Hulle stuur toe die twee kinders veld toe om veldkos te soek en te bring. Die kinders bly lank weg. Toe die son ondergaan, is hulle nog nie terug nie en toe word die twee ouers ongerus. Hulle roep en skree maar wat nie antwoord nie, is die kinders.

Die volgende dag gaan hulle soek; die dag daarop en die dae daarna, maar vind niks nie – die kinders is tot vandag toe nog weg. Ander help soek, maar tevergeefs! Hulle roep en roep, skree en sing, speel viool en ramkie maar alles verniet – daar kom geen antwoord nie. Die vader en moeder het later meer kinders gekry en die kinders help ook nou om na hul boetie en sussie te soek.

Die vader gaan toe na Hamerkopvoël, wat alles in die water kan sien, en vra hom waar sy twee vermiste kinders is. Hamerkop het in die water gekyk – en hy kyk vandag nog, maar hy verklaar dat hy hulle nie kan vind nie. Hy raai die vader aan om maar aan te hou roep. Hy moet in die dag soek en sy vrou soek in die nag.

Die moeder gaan toe na Uil, wat 'n groot towenaar is, wat kan vertel wat gebeur het en wat nog sal gebeur. Uil gooi sy dolosse, sit diep oor die saak en dink, maar sy dolosse en sy verstand staan hier stil. Hy raai haar ook aan om maar in die nag te roep en soek en haar man dit in die dag te laat doen.

Hierdie huisgesin treur baie. Hulle eet min, want hulle harte is seer van verdriet en al die huil en roep. Die vader en sy seuns soek en roep nou in die dag, terwyl die moeder en haar dogters in die nag soek en roep.

Hulle het so uitgeteer van verdriet, dat die vader en sy seuns nou die sonbesies is en dat die moeder en haar dogters nou die kriekies is. Die leeu en die watergees is nou die ongediertes en visse wat goggas vang.

Die sonbesies sing en soek vandag nog in die dagtyd.

En die kriekies sing en soek vandag nog in die nagtyd.

☙

Leeu en Wolf eet oor-en-weer

≫

Hierdie storie leer 'n mens om nie suinig te wees met kos nie. Daar sal 'n dag kom dat hy net so verleë raak en slegter daarvan afkom as wat hy die honger persoon behandel het.

Wolf was die hele nag uit op die jag, maar was baie ongelukkig om geen wild op die lyf te loop nie. Teen dagbreek se kant kry hy Leeu se spoor en hy volg dit, want hy weet Leeu is 'n gelukkige man en kry altyd kos.

Leeu het 'n kwagga gevang, hom versadig geëet en lê 'n entjie daarvandaan teen 'n bos. Wolf voel sommer bly in sy hart om nog vleis aan die kwagga te sien, want dit was te veel vir Leeu om in een slag op te eet.

Wolf begin 'n gesellige praatjie met Leeu aanknoop. Hy vertel dat hy vir sy broer gaan kuier het, dat hy die broer nie tuis gekry het nie; so het hy weer na sy siek suster gaan kyk, maar sy was toe reeds lankal dood. Nou is hy haastig om by sy huis te kom. Hy vertel dat met die afwesigheid van sy familie van huis, hy daar niks te ete en te drinke gekry het nie.

"En nou is jy seker honger," vra Leeu.

"Dis nie altemitters nie," is Wolf se antwoord.

"Ja, dit spyt my maar wat kan ek daaraan doen?" vra Leeu.

"Daar lê dan nog meer as 'n halwe kwagga," merk Wolf op.

"Ja, maar dit moet ek vir my vrou en kinders hou," antwoord Leeu, terwyl hy hom lui en versadig uitrek.

Wolf kyk na Leeu, kyk na die kwaggavleis en kyk weer met 'n watermond terug na Leeu en vra: "Is daar dan nie vir my 'n paar murgbene nie?"

"Kom, sê my eers, waar woon jy?" vra Leeu.

"Dis nie so ver van hier nie – daar onder die krans in die wolwegate," is die vriendelike antwoord.

"Kry jy daar baie kos?" vra Leeu weer, net om die tyd om te praat en om Wolf nog meer lus te maak.

"O ja, kos genoeg! Die een dag volop en die ander dag weer minder, maar altyd genoeg om vet op te bly," antwoord Wolf.

Leeu draai sy kop en kyk diékant en gee geen antwoord nie. Hy luister wat Wolf verder sal sê en wens dat hy maar moet loop.

Weer praat Wolf na die kos se kant toe en vra of die kwagga vet is en of Leeu hom maklik in die hande gekry het, en hy spreek verder die wens uit dat hy graag van die murg sal wil proe, as Leeu hom maar net wil toelaat.

Leeu vertel dat hy die kwagga baie maklik gevang het en sê: "Bly hier lê, dan gaan ek vir jou van die murgbene haal. Bly hier, hoor jy! Versit jy een voet uit jou spoor, dan draai ek om en jy kry niks nie," sê Leeu toe hy wegstap na die kwagga.

Leeu gaan wel 'n murgbeen haal maar watter soort? Hy bring een waarvan hy self die murg uitgesuig het en gee die skoongekoude been aan Wolf met die woorde: "Dè, eet."

Wolf bekyk die been, gee 'n paar lekkies daaraan en vra of Leeu hom nie liewers wil toelaat om die soppies by die kwagga op te lek nie. Waarop Leeu antwoord dat hyself so danig gek na sop is en nie 'n druppel daarvan wil weggee nie.

Toe vra Wolf weer 'n been om saam te neem en te gaan fynkou. Leeu gaan een haal wat ook reeds afgekou is, waaruit die murg uitgesuig is en waaraan die kwagga se klou nog vassit en sê: "Dè, vat dit. Basta bedel, toe loop!"

Wolf bespeur dat Leeu hom weer gefop het en sê: "Ek sal maar stap, sodat ek my huis vroeg kan haal. Nou vra ek jou, broer Leeu, om môre by my te kom eet."

Met die huis toe draf, kom Wolf 'n trop volstruise teë. Hy vang een en eet hom versadig. Wat hy nie kon baasraak nie, sleep of dra hy saam na sy huis toe.

Toe hy die volgende dag vir Leeu verwag, sit hy 'n pot op die vuur en kook van die volstruis se vleis. Hy en sy vrou en kinders eet die vleis op en laat die sop vir sy vriend Leeu staan.

Toe hy vir Leeu nog ver sien aankom, gooi hy van die sop in 'n ander pot uit om koud te word. Hy gooi nog meer water in die pot wat op die vuur staan en stook dit met 'n wakker vuur tot dit borrel soos dit kook.

Toe Leeu naby is, haal Wolf die kokende pot van die vuur af en sit dit langs die een waarvan die sop al koud geword het en hy staan vir Leeu en wag.

Toe Leeu naby is, roep Wolf: "Môre, môre, broer Leeu! Jy kom net op die regte tyd! Ek het 'n vet volstruis gevang en ek het jou nie vergeet vir die lekker murgbene wat jy gister vir my gegee het nie. Het jy weer kwaggas gevang?"

"Nee, daar is baie maar ek eet nog al die tyd aan die vet kwagga van gister," antwoord Leeu, doodtevrede met homself.

"Maar jy het in elk geval nou lus vir volstruissop – dit

weet ek," merk Wolf op, toe hy die pot met koue sop vat en aan sy vrou sê: "Hou oop jou mond dat ek eers vir jou sop gee." Hy gooi sop in haar mond en sy sluk só dat haar keel knoppe-knoppe maak. Daarop sê hy aan sy kinders: "Kom julle hier, hou julle monde oop, dat ek ook vir julle sop gee." Die kinders kom sit op 'n ry en Wolf gooi sop in die mond van een kind ná die ander. Daarop sit hy die leë pot neer en sê aan Leeu: "Nou kom ons aan die beurt, ons het tyd en kan op ons gemak drink – eers jy, dan ek."

Daarop neem Wolf die pot met die kokende sop en vra aan Leeu om reg te sit. Leeu maak so. Toe keer Wolf die pot met kokende sop oor Leeu se kop om en druk die warm pot boonop vas oor sy kop. Leeu se oë verbrand, sy mond en keel verbrand. Hy slaan neer teen die grond. Toe vat Wolf sy kierie en slaan Leeu verder dood. Só kom 'n gemene daad altyd weer op 'n man se eie kop terug.

ଓ

Volstruis word weer lewendig

ಐ

Hierdie storie gee ons voorbeelde van die opstanding van die dooies.

Daar was 'n Boesman wat bekend was as een van die beste jagters van sy tyd. Misskiet was 'n onbekende iets by hom. "Raakskiet" was sy naam. Op 'n dag gaan Raakskiet veld toe om te jag. Toe hy ver in die veld is, voel hy siek. So kaduks voel hy, dat hy besluit om om te draai en maar terug huis toe te gaan. Hy voel lam en sy mond voel droog.

Hy stap kop op die bors en dink aan niks nie. Toe hy

weer sien, is 'n volstruismannetjie agter hom. Die voël gee 'n geweldige blaas en wil hom net skop en trap. Hy val plat en gaan lê op die grond. Die voël, met sy skerp borsbeen, gaan op hom sit en frommel hom asof hy hom tot 'n voetsool wil platdruk.

Onder die worsteling bespeur Raakskiet dat dit nie 'n gewone volstruis is nie, maar iets in hom besit wat vreemd is. Toe die voël moeg is om Raakskiet so te kneus, staan hy op en gaan langs Raakskiet wei, maar hou hom gedurig in die oog. Met die kleinste beweging wat die Boesman maak, is die voël by om hom nog verder te kneus.

Raakskiet kry die plan om hom dood te hou om die volstruis 'n kans te gee om weg te gaan. Toe hy so lank stillê, word die voël gerus en begin toe verder en verder weg wei. Raakskiet loer na sy boog en pyle, maar met die skop en trap van die voël, het die snaar van sy boog gebreek. Toe maak Raakskiet 'n plan om sy goed te vat en saggies onder 'n digte bos te kruip.

Hy kry dit reg. En toe hy onder die bos is, kry hy kans om goed rond te kyk. Hy sien dat die mannetjie na twee volstruiswyfies stap, wat vlerkklap oor hulle nes. Raakskiet pluk van die takke van die bos af en bind hom daarmee toe, sodat hy soos 'n bos lyk. Op hierdie manier ontsnap hy na sy huis toe.

Hy voel toe baie siek en vertel aan sy vrou en kinders die nare ervaring wat hy met die volstruis gehad het. Daarop gaan hy in sy karos op velle in sy hut lê.

Die vrou is kwaad vir die volstruis en roep uit: "Só moet jy dit nie laat bly nie. So gou jy beter voel, moet jy jou boog regmaak, reguit na die nes toe stap, die volstruise doodskiet en hulle en hul eiers huis toe bring. Ek en die kinders sal help."

Omdat die man siek lê, moet die vrou en kinders kos in die veld gaan soek. 'n Klein jongetjie bly by sy siek vader om hom te versorg. Na almal veld toe is, sien die klein jonkie daar oorkant op die gras 'n baie klein hasie rondspeel. Hy hol daarheen om die hasie vir hom te vang en hy bly lank weg.

Intussen voel sy vader se keel nog maar droog. Hy roep na sy kind om water te bring, maar die kind is nie daar nie.

Toe kruip Raakskiet self na die gat water wat daar naby is en met die drinkslag val hy vooroor in die water en verdrink. Met die huis toe kom van die moeder en haar kinders, kry hulle die klein jonkie net toe hy die hasie vang en daarmee huis toe stap. En die jonkie is baie bly oor sy hasie.

By die huis kry hulle nie vir Raakskiet nie. Hulle soek en soek en vind hom in die water doodlê. Hulle haal hom uit en rol hom op die grond. Hy bly dood en hulle laat hom langs die gat water in die sonskyn lê om warm te word.

Die moeder gee die klein jonkie 'n drag slae en sê dat hy die hasie moet doodmaak, want die hasie is kos waarmee nie gespeel mag word nie – en dan, die dood het in die wêreld gekom deur 'n hasie.

Maar die kind wil nie sy hasie doodmaak nie en hou aan om daarmee te speel. As die diertjie sy oortjies so vorentoe en agtertoe trek, dan is dit vir hom tog te mooi. Sy ma stuur hom toe om by die ander gat water te gaan haal. Hy was altyd 'n gehoorsame kind. Hy sit sy hasie neer en gaan haal die water. Terwyl hy weg is, maak sy ma die hasie dood. Toe hy terugkom, huil hy bitterlik daaroor.

Maar net toe word sy vader Raakskiet weer lewendig. Hy sit regop in die sonskyn en word by elke asemhaling gesonder. En toe hy opstaan, makeer hy niks nie. Hy maak sommer uit die staanspoor sy boog reg om die volstruis wat hom getrap het, te gaan skiet.

    Toe hy gereed is, stap sy vrou en kinders saam om die vleis en eiers te help dra. Toe hulle digby die plek kom, bly die vrou en kinders agter. Hy bind weer bossies om sy lyf en so fnuik hy die volstruise, wat druk besig is om hulle nes sag te maak deur die kluitjies wat daarin lê, stukkend te byt. Die wyfies stap weg en die mannetjie bly by die nes, dus kry hy net die mannetjie onder skoot. En toe hy dié skiet, vlug die wyfies weg. Raakskiet en sy gesin sny die voël in stukke, sit dit op hulle koppe en neem die eiers saam huis toe.

    Die vrou trek die vere af en plaas dit op 'n bossie. Hulle begin sommer te braai en eet. En toe hulle die hele volstruis opgeëet het, kom daar 'n geweldige warrelwind. Die wind neem al die vere weg en warrel dié rond, hoog in die lug. Een veer was swaar van die bloed en kon nie so hoog in die lug rondwals nie maar kom af, warrel en warrel tot dit in die gat water val waarin Raakskiet die dag tevore verdrink het; en dit swem op die water, terwyl dit deur die wind rondgemaal word.

    Raakskiet en sy gesin sien dit. Terwyl hulle nog staan en kyk, verander die bloederige veer in 'n klein volstruisie. Hulle sien die diertjie kry donsvere; die donsvere groei en word langer. Die voëltjie stap sukkel-sukkel uit die water want dit is pieperig en swak en sy beentjies is nog baie sag en hy gaan bewe-bewe op die wal in die son sit. Hy word sterker en sterker, hy groei en groei. Onderwyl word sy bene en ribbe, sy nek en rugstring harder en harder. Dit het nie lank geduur nie, of hy is 'n volwasse voël, met swart en wit vere oortrek – net soos 'n gewone volstruismannetjie. Sonder om verder te versuim, draf hy veld in, reguit na sy eie huis toe.

Toe hy daar kom, brom hy om aan sy vrouens te vertel dat hy nog leef. Hulle herken sy stem, kom hom met vlerkgeklap tegemoet en is bly om hom weer lewendig te sien. Hy maak toe 'n ander plan en gaan 'n derde vrou haal. Van toe af is daar altyd twee voëls by die nes. Twee wyfies gaan wei en dan is een by die mannetjie by die nes; dan kom daardie twee weer terug en die mannetjie en die wyfie gaan weer wei. Daar het altyd 'n omruiling op een of ander manier plaasgevind, so was dieselfde wyfie nie altyd by hom nie.

Hy en sy drie wyfies het toe op 'n ander plek gaan nesmaak, want hulle was bang vir die ou plek. Raakskiet het wel geweet waar die nuwe nes is maar uit bygeloof was hy bang om daarheen te gaan. Hy was bevrees dat die volstruis hom weer sal betower, dat hy weer sal siek word en in die water val. En dalkies kom hy hierdie slag nie weer by nie, maar bly dan vir altyd dood, dood, dood.

☙

Leeu word jaloers

Hierdie storie is 'n staaltjie oor die verwaandheid van Leeu.

Die leeus kom dikwels in geselskap bymekaar en dan prys hulle vroue altyd die ape vir hulle ratsheid, die gemsbokke vir hulle vlugheid en die volstruise vir hulle mooi stem waarmee hulle brom (of brul). Dit het die mannetjieleeus maar min aangestaan en hulle baie jaloers gemaak.

Hulle gee toe hul ontevredenheid daaroor aan hulle vroue te kenne, maar die leeuwyfies hou vol dat hulle gelyk het en dat hulle mans nie kan stry nie. Daarop sê die leeumans toe: "Gee 'n fees en 'n dansparty, dan kan julle dit self van naby aanskou en hoor."

"Goed!" antwoord die vroue. "Maar pas op dat julle nie met skande daarvan afkom nie."

Hulle maak die nodige voorbereidings vir die fees en nooi Aap, Gemsbok en Volstruis om op 'n bepaalde tyd daar te wees.

Toe die fees amper sou begin, kom Aap tussen die boomtakke aangespring. Hy glip en wip soos 'n sprinkaan van een boom na die ander en is in 'n ommesientjie daar. Die vroue klap hande en juig Aap toe, maar nie vir hulle mans nie. Die leeumannetjies kon nie so rats spring nie en dit laat hulle sommer uit die staanspoor sleg voel, maar hulle reken op wat hulle later sal doen. Ook met die dansery het Aap hulle uitgestof.

Hier kom Gemsbok aangehol. Hulle hou onmiddellik 'n resies maar Gemsbok hol skoon vir die Leeus weg. Weer klap die vroue vir Gemsbok hande en nie vir hulle mans nie. Dit laat die leeumannetjies nog 'n bietjie slegter voel.

Eindelik kom Volstruis aan. Hy was nog ver, toe begin hy al brul. Dadelik klap die vroue hande en roep uit: "So mooi en helder kan julle tog nie brul nie. Volstruis brul met sy volle longe maar julle brul asof jul 'n been in jul keel, of julle stert in jul bekke het." Hulle hou maar aan hande klap.

Die mannetjieleeus brul toe, maar die vroue wil nie vir hulle mans hande klap nie, maar net soos Volstruis voor hulle kom brul, klap hulle hande en juig Volstruis toe.

Dit maak die mannetjies boos en hulle begin in hul harte skel en hulle vrouens verwens. Een leeu bevlie vir Aap en krap die hare van sy sitplek af. Die ander leeu bespring vir Gemsbok en krap merke in sy gesig. Terwyl die derde leeu besig is om Volstruis te takel: Hy krap al die vere van sy heupe af. Daarop stap die drie mannetjies weg en laat hulle vrouens met die klein kindertjies agter. Toe hulle drie wegstap, roep hul terug: "Nou kan Aap, Gemsbok en Volstruis, wat jul so danig prys, vir julle en julle kinders sorg."

Die vrouens roep agterna: "Dis glad nie nodig dat hulle vir ons moet sorg nie – ons kan sonder hulle klaarkom en vir onsself sorg."

Die Leeus gaan toe net volstruise jag om hulle longe te eet, sodat hulle net so mooi soos Volstruis uit die voorbors kan brul. En ná hulle baie volstruislonge geëet het, brul hulle nie meer asof hulle sterte in hul monde of bene in hul kele het nie.

Die vroue met hulle klein kindertjies het swaar gekry om kos te vang en terselfdertyd na die kinders te kyk. Hulle begin toe al sterk na hul mans verlang, wat so braaf vir hulle en hul kinders gesorg het, al het die mans nie so danig mooi na hulle sin gebrul nie. Dit is maar kleinighede en hulle sal nou maar snags luister waar hulle mans brul, want toe verstaan hulle eers dat dit juis die fout is wat hulle in hul mans vind, wat hulle nader aan hul weldoeners bring. Dit het hul baie moeite gekos om by hulle mans te kom want die kinders is te swak om na die mans te loop. Hulle neem hul toe voor om nie weer met hulle weldoeners te spot nie, maar om hulle te prys waar hulle goed doen en stil te bly as die mans nie iets beters kan doen nie.

Toe hulle by die mans kom, stap dié weg maar die vrouens roep agterna en beloof om beter te handel in die vervolg. Toe draai die mans om, want hulle was baie gek na hulle kinders. Van toe af, as Volstruis brul, klap die leeuwyfies nie meer hande nie; en as hulle mans brul, dan voel hul groots en prys hulle, want dis tog harder as enige ander stem.

Dit het vir 'n lang tyd goed gegaan en almal het die ou rusies vergeet en algar voel plesierig. Maar een vrou begin weer met haar dingetjies. Hierdie slag begin sy te veel na haar man se sin Kwagga se maanhare en Langnekkameel se kuif prys. Daarop begin sy weer haar man se maanhaar spot.

Hy word so boos vir sy vrou, dat hy haar kophare gryp en haar daaraan rondsleep. Hy het haar so rond en bont gepluk, dat amper al haar kophare uitgetrek was. Wat bly sit het, het uitgeval, sodat sy vir 'n tyd kaalkop rondgeloop het. Na verloop van tyd het sy weer kophare gekry, maar glad nie weer so lank as wat dit tevore was nie. Die ander wyfies het so bang en versigtig geword, dat hulle ook hul kophare afgesny het, daarom is hulle hare vandag nie meer so lank soos dié van die mannetjies nie.

৪

Perdeby en sy vrou

Hierdie storie is amper op die model van 'n Hottentotdierestorie, maar die Boesmanherkoms is te duidelik.

Daar was 'n ou Boesman wat gelukkig met sy ou vrou en kinders gelewe het. Hy was 'n kriewelkop maar as hulle nie met hom lol nie, dan was daar nie 'n beter man as hy nie. Sy ou vrou was egter bepaald verspot. Haar grootste vermaak was om haar kinders voor ander te prys. Nou so iets is mos 'n baie slegte trek in 'n moeder, want dit laat die kinders dink dat hulle beter is as ander mense se kinders. Wat sleg is, word nog slegter; en wat goed is, steur hul nie grootliks aan hulle moeder se lawwe praatjies nie. So 'n trek in die moeder maak dat ander mense maar baie min van haar kinders dink – die jongkêrels kry teësin in die dogters en die meisies gee nie om vir sulke danige blinkgemaakte jongkêrels nie. So het haar kinders benoud geword voor hulle getrou het.

Maar die jongste dogter was darem regtig mooi. Sy was 'n terggees van die bestes en baie deur die windmaak van die moeder bederf. Maar tog was die jongmense gek na haar – hulle het baie by haar kom kuier wanneer die moeder weg was.

Maar kom die ou moeder in die geselskap, dan is dit maar weer só: Sy verkoop haar dogter tot vervelens toe met woorde en sê dat die man wat dié dogter vat, mooi moet kan sing.

Kriekie kom sing; Sonbesie kom sing; Uil kom sing; Wolf en Jakkals kom sing – maar die dogter, tot groot ontsteltenis van die moeder, bars uit van die lag en spot die sangers lekker in hulle gesigte uit. Dit maak die moeder vies vir die dogter en die sangers stap boos weg. Elkeen vat op die daad sy karos en verlaat die geselskap.

Toe die dogter en die moeder alleen is, begin die moeder by haar dogter pamperlang en vra haar wat nou eintlik haar sin vir iemand is.

Die dogter begin toe eers hierdie kant toe te praat en toe weer daardie kant toe te praat en sy raak so deurmekaar dat sy sommer alkant toe praat. Toe is die moeder nog net so met haar dogter opgeskeep en het niks wyser geword nie.

Eendag is daar weer 'n geselskap en die moeder en dogter is ook daar. Weer begin die moeder oor haar dogter uitwy en sê dat die een wat die mooiste kan dans, dié kan haar dogter kry.

Meteens begin Padda dans, toe Springbok, toe Hasie, toe Slang, toe Patrys, toe Skilpad; maar weer, tot steurnis van die moeder, lag die dogter die hele klomp dansers in hulle gesigte uit. Die moeder voel vererg en die dansers nie minder beledig nie. In 'n ommesientjie sit die moeder en dogter weer alleen – algar het karos gevat en weggestap.

Daar is toe geen ander plan vir moeder en dogter nie, as om ook maar hul karosse te pak en huis toe te stap. Op pad vra die moeder weer wat die dogter se sin is.

Sy praat toe weer hierdie kant toe, toe daardie kant toe

en sommer daarop alkant toe en is so deurmekaar soos 'n vlieg in 'n spinnerak.

Op 'n dag sit die moeder en dogter in 'n ander geselskap. Weer begin die moeder die fluitjie van prys vir haar dogter blaas en sê dat die een wat die beste met 'n pyl kan skiet, haar dogter kan kry.

Toe vat Heuningby sy boog en pylkoker en hy begin skiet; Muskiet begin skiet; Muggie begin skiet; Blindevlieg begin skiet; ook Vlooi begin skiet. Toe spat die geselskap uitmekaar, moeder en dogter inkluis en die karosse bly in die slag.

Op pad huis toe, sê die dogter: "A, nee, Ma, jy moet eers dink voor jy praat! Kyk hoe toe is ons oë nou geswel!"

Die moeder voel toe dat sy haar saak nie goed oordink het nie. Sy begin weer: "Kom, vertel my nou regtig wat jou sin is!"

Soos gewoonlik praat die dogter weer hierdie kant toe, daarop daardie kant toe en toe sommer alkant toe, dat sy nes 'n vlieg in heuning vassit. En die moeder bly nog net so dom.

By 'n ander geleentheid is hulle weer in 'n groot geselskap en die moeder se mond borrel oor van lof vir haar dogter en sy sê dat die een wat die mooiste karos het, dié kan haar dogter kry.

Toe tree Mot te voorskyn met sy karos; Muis kom met syne; Akkedis met syne; Suikervoëltjie met syne; Kwagga met syne; Muishond met syne; en Perdeby met syne. En hulle maak hul karosse oop en toe om te wys hoe mooi dit is – net Perdeby nie.

Die dogter het hierdie slag haar moeder plegtig belowe om nie haar lagbui te hervat nie en om haar stemmig te gedra. Haar oog val toe op die mooi glinsterende blou karos van Perdeby en sy kies hom. Hulle twee gaan saam na Perdeby se kleihuis met die baie kamers.

Maar Perdeby vang net ruspers, wurms en spinnekoppe en bring dié na sy huis toe en vul die kamers daarmee. Sy vrou maak beswaar en sê aan hom dat sy nie gewoond is om sulke goggagoed te eet nie: Hy moet vir haar wild gaan skiet. Hulle twee stap saam veld toe.

Sy sien 'n haas lê en slaap en sy roep hom en sê: "Kom hier, my man, en skiet hierdie hasie vir my."

Hy neem 'n pyl uit sy koker en sit dit op die boog en vra: "Waar is die haas?"

Waarop sy antwoord: "Hierso, onder hierdie bossie!" Hy bekruip toe die haas, maar sy sê: "Gooi tog af jou karos!" Hy maak so. Toe sien sy die dun lyfie van Perdeby, en sy skater van die lag oor die danige dun lyf en roep uit: "O so, nou verstaan ek waarom jy nooit jou karos wou afhaal nie! Ga, ga, ga! Kyk daardie verspotte dun lyfie!"

Perdeby word so boos – want hy kan gou kwaad word – dat hy sy vrou op die plek met 'n pyl doodskiet.

En dis nou die betaling wat die moeder vir al die pronkery met haar dogter gekry het.

༄

Moederleeu en die kinders

※

Hierdie storie is 'n vertelling waarin die verbeelding vrye teuels gegee word.

Daar was 'n vaderleeu en 'n moederleeu. Van hulle jong dae af het hulle 'n mooi jagveld uitgekies. Op 'n oop vlakte, digby 'n kolk water en 'n ent van 'n kliprant af, het hulle onder 'n klompie bome en tussen rotse 'n huis uitgekies. Onder die bome was ook 'n kol kort bosse, wat in die daaglikse spreektaal kreupelhout of ondergroei genoem word. Dus, 'n baie mooi wegkruipplek van waar hulle oor die vlakte kan sien. Daar was ook genoeg wild, daarom was hulle so tevrede en hulle het hul hele lewe daar gewoon.

Hulle het altyd twee of drie kinders tegelyk. Die kinders bly dan by hulle ouers en gaan saam jag om te leer hoe om self te jag. As daar weer twee of drie boeties en sussies gebore word, dan gee hulle pad en vat hul eie koers om vir hulself 'n huishouding te begin.

Vaderleeu en sy vrou, Moederleeu, word na 'n verloop van jare oud. Hulle tande word sleg, want met die stukkendbyt van harde bene moet die beste tande met verloop van jare en met naderende ouderdom ingee. Toe kan die twee oues nie meer so goed jag nie en terwyl hulle nie meer jong kinders het nie en die ander reeds op hul eie boer, het hulle dit nie meer so volop gekry nie. Hulle moes toe maar diere vang wat nie so vinnig hardloop nie. Hulle het ook begin om die Boesmans te vang, vernaamlik die ou vrouens wat veld toe gaan om veldkos te soek.

Hiervoor kry hulle op 'n keer 'n mooi kans, want groot buie reën het daar geval en baie wild kom die streek binne om op die groen veld en golwende gras te wei. Baie Boesmans volg die wild en hulle gaan woon onder die klipkranse van daardie rantjie. Die ou vrouens en kinders skep water by die kolk wat naby die leeus se huis is. Die leeus neem dan hulle kans waar om die ou vrouens dood te byt en die kinders lewendig te vang en na hul huis onder die klompie bome by die groot rotse, te bring om daar te woon en speel.

Die leeus se huis was so gevaarlik dat die jagters dit nie gewaag het om hulle daar in die dagtyd te gaan aanval nie en in die nag, as die leeus op hulle stukke is, het die Boesmans glad nie daar naby gekom nie. Maar hulle sê die leeus is te gevaarlik so naby die waters en 'n plan moet gemaak word om hulle te verjaag.

Hulle maak 'n ou pop van velle en stop dit met gras op, sodat dit op 'n afstand baie na 'n regte Boesman lyk. Aan die nek maak hulle 'n lang riem vas en twee jagters neem die pop mee. Hulle stap na die kolk water en klim in 'n boom. Die pop bly onder die boom, maar hulle trek gedurig aan die riem, sodat dit lyk of die pop ronddans en lewendig is. Dit is 'n ou plan wat Boesmans maak om leeus na 'n boom te lok om hulle dan daar dood te skiet.

Vaderleeu dink toe dat die pop 'n ou vrou is wat nie in die boom kan klim nie, daarom staan sy onder die boom en ronddans. Hy maak hom gereed en gaan die pop bekruip. Toe hy die pop onder die boom bevlie, maak die twee jagters bo in die boom 'n geraas. Vaderleeu kyk met 'n oop bek op en dit was net wat die twee jagters wou hê. Dadelik skiet hulle gifpyle in die oop bek van Vaderleeu en binne oomblikke is Vaderleeu 'n lyk, om nooit weer ou vrouens en kinders te vang nie. Steeds bly hulle van Leeu se huis weg.

Moederleeu het die moord op haar ou man aanskou en dit was 'n waarskuwing vir haar om nie meer ou vrouens en kinders te gaan vang nie. Sy moes dus 'n ander plan maak. Sy bewapen toe die Boesmankinders wat by haar woon met knopkieries en sy gaan self in die nag met hulle jag. Sy vang wild en hou die prooi vas en dan kom die kinders en slaan die ding dood met hulle knopkieries. Op hierdie manier het hulle al die tyd volop kos gehad. Sy wou die kinders nie na die kolk toe stuur om water te haal nie, want dan mag dit gebeur dat die kinders se ouers hulle daar sien en hulle kom haal.

By Moederleeu se huis het 'n groot en kragtige donkergroen boom gegroei wat sulke lekker vrugte gedra het. Die kinders was baie gek na daardie vrugte. Sodra hulle daarvan geëet het, vergeet hulle alles wat tevore gebeur het. So het hulle glad vergeet dat hulle Boesmans vir ouers het. Hulle was maar onder die indruk dat Moederleeu hul regte moeder is en dat dit hulle plig is om vir haar te sorg. Ewe tevrede speel hulle onder die klompie bome en dwaal nooit in die dag weg nie. Maar snags is hulle katjie van die baan: Dan baljaar hul rond, of is doodstil as hulle op die jagtog uit is.

Later word Moederleeu sieklik en kry 'n slegte bors, dan moet die kinders haar bors vryf – en dit het hulle met die grootste bereidwilligheid gedoen. Van toe af het hulle baiemaal alleen gaan jag en was altyd in staat om 'n stukkie kos vir sieklike Moederleeu huis toe te bring, waaroor sy altyd baie dankbaar was. Om haar dankbaarheid te betoon, lek sy die hande en voete van die kinders as hulle op haar lê en met haar ore of stert speel.

Hulle was 'n gelukkige familie daar onder die bome.

Maar op 'n goeie dag hoor een van die dapperste Boesmans 'n klomp kinders onder die bome by Moederleeu se huis speel en lag. Hy sê toe vir homself: "As die leeus daardie kinders nie vang en doodbyt nie, dan sal hulle dit ook nie aan my doen nie."

Hy stap daarheen en kry die vrolike kinders alleen, want Moederleeu het na die kolk toe gestap om in 'n hartbeespens water te gaan haal.

Die dapper Boesman praat met die kinders en dadelik merk hy op dat hulle niks meer van hul ouers af weet nie. Hy ken nog al die kinders en weet wie hulle ouers is. Hy het houtjies in sy knapsakkie gehad wat sy toordokter vir hom gegee het. Die Boesman laat al die kinders daaraan kou en toe kom hulle vorige verstand weer terug. Hulle besef toe dat hulle kinders van Boesmans is en nie Moederleeu s'n nie.

Toe sê hy: "Julle twee wat so daar sit, julle ouers se vuurtjie brand onder daardie krans. Sien julle die rokie daar uitslaan?"

En die twee kinders spring op en hol na hulle ouers se huis toe.

Daarop sê hy weer: "Julle drie wat daar sit, julle ouers se vuurtjie brand onder daardie krans waar die groot boom staan. Sien julle die rokie daar uitslaan?"

Die twee kinders spring op en hol reguit na hulle ouers se huis toe.

Daarop sê hy weer: "Julle drie wat daar so sit, julle ouers se vuurtjie brand hoog bo in daardie diep kloof. Sien julle die rokie daar uitslaan?"

Die drie kinders staan op en hol reguit na hulle ouerhuis toe.

Toe bly daar nog net een kind sit en die Boesman sê: "Jou ouers se vuurtjie brand daar in die ander diep kloof. Sien jy die rokie daar uitslaan?"

En die kind hol ook na sy ouers se huis toe.

'n Ruk daarna kom Moederleeu met die water aangestap. Haar bors is swak en sy is uitasem. Sy hoor of sien nie die kinders nie maar sien 'n volwasse Boesman daar sit en sy vra: "Waar is die kinders?"

Hy antwoord: "Die kinders is nie meer hier nie."

Sy kry trane in haar oë en roep uit: "Waar, waar is die kinders? Wat gaan ek doen sonder die kinders? Waar, waar is die gehoorsame kinders?" En sy huil bitterlik kwyl en trane.

Daarop sê sy huilend aan die Boesman: "Jy het die kinders hier kom wegvat. Hulle was so tevrede hier en het altyd so soet gespeel, waarom doen jy dit? Kan jy nie sien ek word al grys en oud nie?" Sy huil hardop.

Al wat die Boesman antwoord, is: "Die kinders is nie meer hier nie." Hierop vat hy sy goed en stap ook na sy huis toe.

Moederleeu het daarna sieker en sieker geword en toe sy haar kop neerlê, was daar nie kinders om haar benoude bors te vryf nie. En sy het hulle ook nie meer by haar om hulle hande en voete te lek nie.

Maar die kinders se ouers wou uit hulle velle spring van blydskap toe hulle hul kinders weer rondom hulle sien speel en lag.

Boesmangedigte

Om reg te laat geskied aan die Boesman neem ek 'n paar van sy gedigte op. Daar is baie, maar as ek 'n vertaling daarvan moet lewer, dan word dié bepaald waardeloos, omdat die gedigte meestal nabootsings in sy eie taal van natuurklanke is. So boots byvoorbeeld Afrikaanse kinders die tortelduif se sang na as: "Werk stadig! Werk stadig!" Of dié van die lemoenduifie as: "Ek gaan na Worcester toe! Ek gaan na Worcester toe!" Vertaal dit in 'n ander taal en kyk dan watter gebrou dit afgee. Maar ek het darem 'n paar gedigte deur 'n Boesman gemaak, opgeteken. En dié kan ek met 'n seker mate van vrymoedigheid aanbied. Die rymmaat is in ooreenstemming met hulle dansmusiek, of riele, gebring. Baie reëls en dele van die gedigte word oor en oor herhaal.

Die diere gaan water drink

Die diere die kom,
die diere die kom,
die diere die brom –
hulle draf na die water toe.
Met kop na die grond,
hulle sterte swaai rond –
hulle draf na die water toe.

Namakwa-patrys,
wat water kan wys –
hy vlie na die water toe.
Die kwagga loop voor,
die leeu vat spoor –
hulle draf na die water toe.

Die Boesman wag daar,
met boog en sy snaar –
hy kruip by die water weg.
Die diere kom drie,
die pyle die vlie
en skiet by die water dood.

Die Boesman kry kos
en spring uit die bos
hy hol na die water toe.
Die wild lê rond skop,
hy moker die kop
van wild wat by water vrek.

'n Riel

Mans: Kwagga, kwagga met sy bontpoot saam.
Kwagga, kwagga met sy rondpoot saam.
Kwagga, kwagga met sy knoppoot saam.
Kwagga, kwagga met sy kloppoot saam.
Vrouens: Ei! Hy blaas as hy draf.
Ei! Hy snork as hy draf.
Ei! Hy trippel met sy voorlyf weg!

Mans (met hande in die sy):
Hóggô! Hóggô, hóggô, hóggô!
Hóggô! Hóggô, hóggô, hóggô!
Vrouens: O, dis sy wegdra die!
O, dis sy pronkslag die!
Mans: Hóggô! Hóggô, hóggô, hóggô!
Hóggô! Hóggô, hóggô, hóggô!
Hoeit! *en handgeklap.*
Mans: Korhaan, korhaan met sy speekbeen saam.
Korhaan, korhaan met sy blink skeen saam.
Korhaan, korhaan met sy lang nek saam.
Korhaan, korhaan mct sy plat bek saam.
Vrouens: Ei! Hy koes as hy draf.
Ei! Hy buk as hy draf.
Ei! Hy trippel met sy voorlyf weg!

Mans (met hande in die sy):
Hóggô! Hóggô, hóggô, hóggô!
Hóggô! Hóggô, hóggô, hóggô!
Vrouens: O, dis sy wegdra dié!
O, dis sy koesslag dié!
Mans: Hóggô! Hóggô, hóggô, hóggô!

           Hóggô! Hóggô, hóggô, hóggô!
           Hoeit! *en handgeklap.*
Mans: Hiekie, kriekie met sy groottoon saam.
           Hiekie, kriekie met sy swart boon saam.
           Hiekie, kriekie met sy strykstok saam.
           Hiekie, kriekie met tweelok saam.
Vrouens: Ei! Hy wip as hy spring!
           Ei! Hy glip as hy spring!
           Ei! Hy trippel met sy groottoon weg!

Mans *(met hande in die sy)*:
           Hóggô! Hóggô, hóggô, hóggô!
           Hóggô! Hóggô, hóggô, hóggô!
Vrouens: O, dis sy wegloop dié!
           O, dis sy wegspring dié!
Mans: Hóggô! Hóggô, hóggô, hóggô!
           Hóggô! Hóggô, hóggô, hóggô!
           Hoeit! *handgeklap en gelag.*

(Dan volg een herhaling van hierdie riel ná die ander, tot hulle weer 'n ander een opvat.)

ଓଃ

Leeu binne die hut
by die kind

&

Dit is die enigste storie wat onder my aandag gekom het waar Boesmans en Hottentotte dieselfde verhaal op hulle eie manier vertel.

Boesman en sy ou vrou het net een dogtertjie gehad, en sy het net begin praat. Hulle twee stap veld toe en neem die kind saam. Die vader help die moeder om Boesmanrys uit te grawe terwyl die kind sit en speel of naby hulle rondloop. Die dogter kon sulke snaakse dingetjies sê waaroor die ouers lag, want sy het nog krom gepraat.

Ná die twee oues genoeg Boesmanrys uitgegrawe het en hulle die kluite daartussen uitgesoek het, stap hulle water toe om die sand tussen die rys uit te was. Die vader dra die knapsak met rys en die moeder dra die kind op haar rug. Hulle lag nog altyd oor die snaaksheid van die kind. Skielik spring daar 'n vlakbokkie uit. Die vader, wat al die tyd met pyl en boog in sy hande gestap het, skiet die vlakbokkie en die diertjie val dood ná hy 'n entjie gehol het. Nou het hulle meer kos as wat die gesin in een nag kan opeet.

Toe hulle by hul hut kom, gaan die son onder. Solank die vader slag, begin die moeder al aan die binnegoed braai.

Vir ander mense sou dit oorgenoeg kos gewees het, maar vir Boesmans is dit maar net peuselkossies. Hulle begin ook van die vleis kook en braai en eet een streep deur. In dieselfde tyd maak die moeder ook die Boesmanrys gaar en bêre dit in leë volstruiseierdoppe, want hulle was dié aand baie lus vir vleis. En toe hulle laat in die nag gaan slaap, was daar maar min van daardie vlakbokkie oor. Die ouers gaan onder hulle velle slaap maar die kind nie.

Maar soos 'n kind is, sit die klein dogtertjie aaneen en kerm oor Boesmanrys. Die ouers sê dat sy oorgenoeg gehad het en moet kom slaap. Maar nee – die klein kind bly by die vuur sit en kla net oor rys en sy begin toe hard huil.

Leeu hoor die kind en kom kruip-kruip aan. Hy sien die kind alleen langs die vuur sit, terwyl die ouers onder hulle velle lê. Hulle het nog nie geslaap nie want die kind raas en huil te baie. Slaan help ook nie.

Leeu kom in die deur van die groot hut sit. Nou kan niemand uitvlug nie. Toe die ouers dit gewaar, ruk hulle hul koppe onder die karos en lê doodstil.

Leeu het sy planne klaar: Hy wil die ouers opvreet en nie die kind nie. So begin hy tydsaam met die kind speel. Hy steek sy poot uit, vat aan die kind en speel nes 'n kat met haar.

Die ouers wil sterf van angs en haal nouliks asem. Maar die kind vind hierdie spelery van Leeu erg prettig; sy lag daaroor en sê ieder maal: "Ek 'tieke jou! Ek 'tieke jou!" terwyl sy vir Leeu met 'n stokkie kielie en steek.

Leeu vind hierdie soort speletjies net so prettig as die kind en word ewe vrolik. Dit loop op 'n soort baljaardery uit, sodat Leeu soms op die twee ouers onder die karos trap, maar hy laat nie merk dat hy weet dat hulle daar lê nie.

Leeu slaan aljimmers die stokkie uit die kind se hand en paai haar dan met sy poot. Eindelik gryp die kind 'n stompie vuur onder die pot uit en sê weer: "Ek 'tieke jou! Ek 'tieke jou!" en sy prop die vlam in die lang maanhare van Leeu. Die hare raak aan die brand en hoe meer Leeu sy kop skud, hoe meer ruis die vlamme. Hy neem die vlug en so ver as hy hol, steek hy die veld aan brand.

Vir die eerste maal loer die ouers onder die karos uit of Leeu weg is en of dit waar is wat die kind uitroep: "Kyk hoe b'and hy! Kyk hoe b'and hy!"

Hulle kruip onder die velle uit. Hulle sien hoe die veld brand, hoe Leeu in volle vlam rondhol en eindelik dood neerslaan. Toe weet hulle om aan die kind 'n volstruiseierdop vol Boesmanrys te gee, want sy het hulle van die dood gered. Hulle kon haar nie genoeg dank en prys nie.

☙

Wolf en
sy twee vroue

☙

Hierdie storie is slegs 'n karakterskets om die domastrantheid en vraatsug van Wolf te toon.

In die dae wat lankal verby is, het daar baie bossiehuise van die ou geslag naby mekaar rondgestaan. Boesmans het daar gewoon; Leeus het daar gewoon; Wolf en Jakkals het daar gewoon – algar in bossiehuise. En daar was 'n oor-en-weer lopery van die een plek na die ander. Hulle het baie saam gejag, geëet, gedans en feesgevier. Toe was daar baie plesier maar ook twis en rusie om aldag se eentonigheid te verbreek.

Wolf was, en is tot vandag toe nog 'n flukse jagter. Maar hy ook het geweet dat aldag jagdag is, maar nie aldag doodmaakdag is nie. Die ou kan mos baie eet – dit vat 'n groot knapsak vol vleis om sy honger te stil. Hieroor het Wolf se ander bure nie te veel van hom te eet gekry nie. Dit was maar 'n gelukslag dat Wolf hulle kon trakteer.

Maar as Wolf die dag of nag niks kon vang nie, dan stap hy eenvoudig na sy bure, gaan ongenooid aansit en eet ewe gulsig saam met hulle.

Die bure vind toe gou Wolf se laai uit. As hulle hom hoor aankom, dan raap hulle die kos weg en bêre dit op 'n plek waar hy dit nie kan sien nie. Maar sy reuksin is goed. Hy hou aan op so 'n onbeskaamde wyse dat hulle hom eindelik iets te ete gee. En dan is hy nog nie tevrede nie.

Hiervan het die bure later moeg geword, toe weier hulle beslis om selfs vir hom 'n murgbeen te gee. Wolf het hom nie laat vermaak nie: Hy gryp die kos voor hulle weg, of maak die potte oop en haal die vleis daaruit, of hy trek die spitte met karmenaadjies by die vuur uit, of vat hulle karosse en stap daarmee weg en gaan alles gulsig opeet.

Hy het sy vrou geleer om haar eie pad te gaan en die dieselfde ding te doen. En sy kon dit amper beter as haar man regkry.

Dit het nie lank geduur nie, of algar was keelvol vir Wolf en sy vrou. Hulle stap na Wolf se huis toe, toe hy en sy vrou nie daar is nie en steek dit aan die brand. Wolf bou daarna 'n ander bossiehuis en weer steek hulle dit aan die brand. Dit ontmoedig hom nog nie. Hy bou weer, en weer gaan die vlam daarin want die bure wil Wolf en sy vrou uit hulle geweste verdryf. Met aanhou het hulle oorwin.

Wolf en sy vrou trek toe glad 'n ander oord in. Hulle besluit om nie meer bossiehuise te maak nie, maar om in gate te gaan woon, want grond- en kliphuise kan nie aan die brand gesteek word nie.

Wolf en sy vrou begin eers fatsoenlik kuier, maar nog al die tyd vat elkeen sy eie koers, sodat hulle nooit saam op een plek aankom nie. Die bure het nie eens geweet dat Wolf 'n vrou het nie.

Een aand gaan Wolf op 'n plek kuier en daar sien hy 'n jong meisie so reg na sy sin en hy begin sommer sy lyf vryer hou, want hy is vasberade om twee vroue te neem. Hy gedra hom baie ordentlik. Hy begin oor sy jagtery te spog: Hoe sterk hy is, hoe hy alles kan uitvind en wat uithalerheid betref, loop sy kersvashouers glad nie rond nie. Hulle glo vir Wolf en nooi hom om weer te kom. Hy is ook nie links nie en laat sy stof baie daar rondwaai. Baie aande bring hy 'n agterkwart of 'n voorkwart van wild wat hy gevang het. Dit alles net om 'n tweede vrou te kry.

Een aand vra hy die jong meisie of sy maar sy vrou wil wees. Sy het Wolf altyd onderdeur geloer en beskou, sy gee geen antwoord nie maar werk aan 'n neksnoer sonder om op te kyk. Sy maak of sy nie gehoor het nie, maar sy dink ver.

Wolf praat weer. Sy sê toe dat Wolf oor drie aande weer moet kom. Na 'n rukkie stap hy weg.

Die derde aand is hy daar. Sy sê toe: "Jy praat en spog met jou krag en dat jy alles kan uitvind. Die neksnoer het ek êrens weggesteek, loop soek dit en bring dit hier, dan sal ek saam met jou na jou huis toe gaan."

Wolf vat aan sy ken en sy gedagtes dwaal ver buitekant sy hart en hy begin sommer praat van die groot present – die stuk vleis wat hy saamgebring het. Hy eet gou en stap weg – hy gee voor hy gaan nou die neksnoer haal.

Maar Wolf is 'n ou onderkruiper. Hy gaan daar naby onderkant die wind lê, van waar hy alles kan hoor wat hulle in hul hut praat. Hy het nie lank geluister nie, of die vader van die meisie vra: "Waar het jy die neksnoer weggesteek?"

Sy antwoord: "Pa, in die klipskeur by die 'Norra-kareeboom."

Wolf weet nie juis waar die 'Norra-kareeboom is nie maar deur uit te vra, word die pad gou aan hom beduie. Hy kry die regte plek. Hy loer in die skeur en, ja waarlik, daar sit die snoer in 'n oor van 'n koedoe weggesteek.

Wolf neem 'n haakstok om die koedoe se oor nader te trek, maar die muise het die onderpunt van die oor weggevreet en toe Wolf daaraan roer, glip die snoer daaruit en val dieper in die skeur waar Wolf dit glad nie kan bykom nie. Toe sit die ou na baie gesukkel met die hande in die hare.

Meteens kom Miskruier met 'n bol klei daar verby. Wolf bekyk hom en sê: "Ou vriend, jy is dom om die bol klei agterstevoor te rol. Staan reg en doen jou werk soos dit moet wees."

"Og!" roep Miskruier uit: "Ek is nie so dom en sleg soos wat jy my uitmaak nie. Sien jy nie hierdie bol klei is groot nie? As ek dit met my kop na vore aanstoot, dan kan ek mos niks sien nie, stoot ek dit agterstevoor, dan kan ek die hele wêreld rondom my sien. Jy moet weet, ek is sterk en kan baie groter stukke klei as hierdie stoot – dis meer as wat jy kan doen!"

"Wat!" werp Wolf teë. "Ek rus net uit om hierdie groot rotse weg te rol. Ek wed jou jy kan nie daardie neksnoer in hierdie klipskeur tussen die rotse verroer nie. Loop haal dit uit en bring dit hier, dan sal ek jou wys hoe maklik ek weer aan my kant hierdie tamaai groot rotse rondrol."

"Nou toe, laat ek sien," sê Miskruier toe hy die skeur instap om die neksnoer daaruit te sleep. Hy steek sy horing teen die snoer, kom daarmee aangestap en smyt dit voor Wolf neer. Wolf gryp dit en hol daarmee na die jong meisie toe. Voor hulle in die hut geslaap het en nog aan Wolf se presentvleis sit en braai, is Wolf daar en oorhandig die neksnoer.

A nee, nou moet die meisie glo dat Wolf alles weet en alles kan uitvind. Sy maak haar klaar en stap saam met Wolf na sy huis. En toe kom Wolf se eerste vrou aan en daar is 'n getwis uit die staanspoor. Daar was nooit weer rus in daardie huis nie. Wolf wou naderhand gek word.

Toe sê die bure wat dit gehoor het, dat dit die beste straf is wat hulle Wolf kon gee. En dit het 'n spreekwoord onder die Boesmans geword as iemand straf verdien: "Gee hom twee vroue," want die jong vrou trek sy grys hare uit om hom jonk te maak en die ou vrou trek sy swart hare uit om hom oud te laat lyk.

03

Tier is ontevrede met Son

☙

In hierdie storie het ons 'n karaktertekening van Tier en wat hom deur sy roekeloosheid oorgekom het.

Tier bou sy huis op die vlakte tussen hoë gras en bossies. Hy is ook een van die ou geslag, wat rondgeloop het toe daar nog geen Son was nie. Daarom is hy Tier. Hy is boos vir die kinders wat Son se kop in die lug gegooi het sodat dit in die dagtyd lig maak en sulke ondraaglike hitte veroorsaak. Daarom het hy nooit 'n goeie woord vir Son gehad nie maar skel hom die heeldag uit.

Eendag was dit baie warm en soos oudergewoonte jag hy net in die nag of as dit onweer is en hy lê oordag en slaap. Tier gaan onder hierdie boom, dan weer onder daardie boom koelte soek, maar dit is en dit bly maar warm. Toe begin hy weer vreeslik op Son skel en swets. Hy kruip in sy pondok om te kyk of dit nie koeler sal wees nie. Son steek toe die veld met sy groot hitte aan die brand.

Toe Tier die vuur ruik en hoor kraak, spring hy uit. Hy is alkante deur vlamme omring, want die hoë gras en bossies om sy hut is in volle vlam. Daar is geen ander raad vir hom nie as om oë toe te maak en dwarsdeur die ruisende vlamme te spring.

Die vuur het die hare van sy bont karos lelik geskroei en gebrand, sodat dit nog bonter geword het. Hy is 'n man wat nie so goed in die dagtyd as in die nagtyd kan sien nie, dus staan hy lank en rondkyk watter koers hy sal vat om vir hom 'n ander woonplek te gaan soek.

Daar naby is 'n koppie, maar daar woon Boesmans. Hy besluit om te gaan kyk, want dis die beste om te sien of hulle nog daar is. Hy stap soontoe en gewaar niemand nie. Daar is 'n mooi koppie met 'n soort spelonk, wat rondom met groot en digte bome begroei is – so net na sy sin!

Hy roep uit: "A, hier sal Son my nie kan brand nie want die bome is dig en groen en die klipgrot is lekker koel, aangesien Son nie deur die dik rotse wat bo-oor die grot lê, kan skyn nie." Of soos hy dit uitdruk: "Son kan nie met sy warm pyle deur die groot rotse skiet nie."

Hy neem toe sy intrek en maak van toe af nie meer vir hom bossiehuise of pondokke nie.

Saans as Son ondergaan, of as die wolke dig toetrek en Son belet om te skyn, dan gaan hy op een van die oop rotse lê en beskou dan die wêreld van gaatjie tot hoekie na alle kante toe of hy nie wild sien rondwei nie.

Eendag, toe dit so stadigaan motreën, sien hy 'n hartbees wei nie veraf nie. Hy loop met 'n ompad tot hy onderkant die wind kom. Saggies, saggies seil hy voorwaarts. Voetjie vir voetjie kruip hy nader en nader, tot hy gereed is vir die spring. Toe trek hy hom inmekaar, raap hom op en bo-op die hartbees sit hy! 'n Worsteling vind plaas. Tier pak sy prooi onder die keel, verwurg hom en byt 'n wond onder die keel, waaruit hy die bloed suig. Hieraan het hy reeds 'n goeie maal. Die hartbees sleep hy onder 'n bos en hy gaan lê op 'n dik oorhangtak van 'n nabystaande boom om sy kos verder op te pas.

Nie lank nie, of Jakkals kom aangedraf. Hy snuif hierdie kant toe, dan weer daardie kant toe en draf 'n entjie in die rondte – altyd met die neus teen die wind in die lug.

Ai, hy ruik vir Tier in die boom. Dadelik begin hy tjank met uitgesteekte tong en kop in die lug. Ja, en hy smeek tog net maar om 'n klein stukkie vleis.

Tier is vererg want hy wil nie laat weet dat daar kos is nie. Hy roep gebiedend uit: "Sal jy jou snater hou!"

Jakkals skrik en spring 'n entjie terug, maar begin nog treuriger tjank.

Tier vervies hom tot in sy hart vir Jakkals en hy spring af. Jakkals swenk om die bos en vat 'n sykoers. Tier hol reguit en so verloor hy vir Jakkals en hy kom oor 'n ruk weer na sy boom terug.

Hy gaan snuffel-snuffel op die einste tak lê, maar wat bemerk hy tot sy teleurstelling? Drie Boesmans en 'n paar vroue het gekom solank hy spoorgesny het en na Jakkals gesoek het. Die Boesmans het 'n doringkraaltjie om die hartbees gepak, want die hartbees het in 'n opening tussen doringbosse gelê. Die Boesmans het dadelik gemerk dat dit Tier is wat die hartbees doodgebyt het en hulle verwag hom enige oomblik – daarom was hulle so vinnig.

Die reën het lankal opgehou en dit word sterk donker. Tier maak toe 'n ander plan as om drie gewapende mans met hulle vroue aan te val. Hy draai hom dig toe in sy karos, stap na die Boesmans toe en sê dat hy 'n reisiger is en vra of hy maar kan inkom en binne mag slaap. Hy vertel dat hy nie honger is nie, maar net slaapplek soek. Sy berekening is om die Boesmans in hulle slaap aan te val en op te eet, want dan kan hulle nie so gou hul pyle en boë in hande kry nie.

Die Boesmans ken hom nie en maak die nou poortjie

van die doringskerm oop en laat Tier ewe gerus binne. Tier gaan sit in 'n donker hoekie en vra hulle om hul nie aan hom te steur nie want hy kom van ver, hy is moeg en het 'n swaar hoofpyn. Dit sê hy om in die donker te kan sit, want lig en vuur is mos nie sy maters nie. Maar bowenal is sy grootste doel dat hulle hom nie moet herken nie, daarom is hy dig in sy karos toegedraai, sodat net die puntjie van sy neus lug deur 'n skeurtjie van die karos kan kry.

Hulle begin te slag en gesels maar Tier sit doodstil in die donker hoekie.

Met die slagtery en gewoel, glip die klipmes van een van die vroue uit haar hand en val naby Tier se pote. Met die soek na die mes, sien sy Tier se twee pote onder die karos uitsteek. Sy skrik sonder om 'n geluid te maak, want nou is hul binne-in die skerm met Tier ingesluit, waar hy hulle maklik kan doodmaak.

Ewe teenwoordig van gees sê sy: "Ons braai hier vleis en vergeet die nes vol volstruiseiers! Kom saam, want dis donker, laat ons algar gaan om die eiers te gaan haal."

"Van watter volstruiseiers praat jy? Hoekom weet ons dan niks daarvan nie?" merk haar man onskuldig op.

"Hoe kan julle dan daarvan weet as ek jul nou eers daarvan vertel," werp sy teë.

"Hoe ver is dit hiervandaan?" vra 'n ander.

"Hier naby – net hier digteby," is haar antwoord.

Hulle was meer met die hartbeesvleis as met volstruiseiers tevrede en was ook bang om in die donker uit te gaan, want hulle verwag mos vir Tier iedere oomblik van buite af. Die vrou knipoog vir haar man en hulle verstaan dadelik wat sy bedoel. Maar die ander vrou verstaan nie wat gaande is nie en hou by haar man aan om maar te bly, maar hy lei haar saam met hulle uit. Toe hulle 'n entjie opsy staan, sê die vrou: "Ons verwag vir Tier van buite af en al die tyd sit hy tussen ons."

Die drie mans span hulle boë en skiet op Tier tussen die takke deur. Hy kon nie uitvlug nie, want die poortjie was met die uitstap, toegetrek. So het Tier binne-in die skerm aan sy einde gekom.

ख

Ystervark en Vlermuis

☙

Hierdie storie vertel iets van die gewoontes en geaardheid van Ystervark en Vlermuis. Ook word iets omtrent Uil vermeld.

In die ou dae was daar 'n Boesman en sy vrou wat aan die ou geslag behoort het en hulle het 'n seuntjie en 'n dogtertjie as enigste kinders gehad. Toe die moeder sterf, was die dogtertjie nog baie jonk en het net begin rondloop, maar die seuntjie was al so groot dat hy goed kon rondhardloop en sy ouers met klein takies kon help. Maar nou is hulle wesies.

Na 'n ruk neem die Boesman vir hom 'n ander vrou. Sy was 'n jong vrou en het nie baie van ander mense se kinders gehou nie, dus het haar twee stiefkinders dit swaar gehad onder haar behandeling. Sy het die seuntjie aspris op springbokvelle laat speel en die boog wat sy vader vir hom gemaak het, met vleis van springbokke gesmeer. Daarom het die gees van die springbokke so in die seun en sy boog getrek dat al die springbokke vir hom bang was en hom nooit 'n kans gegee het om naby hulle te kom nie. Maar die seun was net soos sy pa: baie vlytig en het baie pyle, klein en groot, gemaak. Maar om hulle op 'n afstand raak te skiet, was net verniet. Vir die arme meisiekind het die stiefmoeder totaal verwaarloos en het haar baie honger laat ly – die arme kind moes meestal van goggatjies en vlieë lewe. Die vader se raas en rusiemaak oor die slegte behandeling van sy kinders, het niks gehelp nie. Hy was die meeste van die tyd in die veld om te jag. Kom hy tuis, dan het hy so goed en lief as wat hy in staat was, vir sy kinders gesorg.

Maar sy kinders het nie gegroei nie – hulle was en bly maar twee brokkies van die menslike geslag.

Een aand toe dit skemer word, stap die stiefmoeder na die hutte van haar bure om te gaan dans, want daardie dag het hulle baie heuning uitgehaal. Die vader van die twee kinders het ook 'n sak vol heuning gekry, maar hy was nog in die veld, op pad huis toe. So sit sy twee kinders alleen tuis.

Die gestorwe moeder van die twee kinders stuur toe vir Uil na haar kinders toe. Uil is 'n towenaar en kan hom in 'n man of uil verander. En hy doen hom toe voor as die regte vader van die kinders. Hy neem die twee kinders met hom saam na die klipkranse waar hy woon. Hy gee hulle veldkos en veldvrugte, wat daar baie van was, maar die klein dogtertjie was maar te gewoond om goggatjies te eet, sodat sy liewers haar gewone kos verkies bo veldkos. Uil verander toe die seun in Ystervark. Sy pyle, wat baie was, verander hy in penne wat in die karos van die seuntjie bly vassteek, sodat niemand hom durf aanrand nie. En die dogtertjie verander hy in Vlermuis, wat tot vandag toe nog van goggatjies lewe. Hy wys hulle 'n spelonk aan om in te woon. Ystervark kruip in 'n skeur en Vlermuis gaan bo aan die gewelf van die spelonk hang.

Voor die towenaar hulle verander het, het hy hulle eers verbied om weer terug na die hut van hulle ouers te gaan; en ná hy hulle verander het, het hy hulle vuurvliegies gegee om te eet, sodat hulle goed in die donker kan sien. Van toe af kan hulle net in die nag sien en is blind in die dag as die son skyn. Kom hulle in die daglig uit, dan hol Ystervark teen die klippe en bosse vas en Vlermuis vlie teen bome en rotse vas, waardeur hulle baie seerkry.

Van daardie tyd af woon Ystervark en Vlermuis saam in gate.

Die ou towenaar het hom dadelik weer in 'n uil verander; ook het hy die afgestorwe moeder van die twee in 'n ander soort uil verander, sodat sy snags haar kinders kan besoek. Sy gaan bo in die krans in 'n klipskeur slaap wanneer dit dag is, terwyl haar kinders in die grot en klipskeur gedurende die dag hulle rus neem.

Saans as die son onder is, as een ster ná die ander dof aan die hemel begin vertoon, is die moederuil die eerste om haar plek te verlaat. Voor sy uit haar skuilplek kom, open sy haar groot oë, rek dit sku vir die lig oop en kyk of dit dalkies nog te lig is. Vind sy dat daar nog te baie lig is, byt-byt sy met haar bek asof sy wil vra: "Wanneer word dit dan regtig donker? Ek is mos al baie honger." Sy gee 'n luie gaap, knyp haar oë vir 'n rukkie dig toe om nog 'n bietjie te sit en wag. Is dit naderhand donker genoeg na haar sin, dan verlaat sy met 'n gil haar plek en gaan naby in 'n boom sit om te kyk of dit nou regtig donker genoeg is. Sy vlie weer verder en dan weer verder, tot sy ver is. Gewaar sy 'n slapende voëltjie, dan pak sy hom; of sien sy 'n muis, dan val sy hom aan en sluk hom heel in. Maar die toestand waarin haar twee weeskinders verkeer, grief haar diep en af en aan gee sy 'n diep kreun, asof iets haar hart erg pynig.

Daarna kom Vlermuis met haar klein karossie uit. Sy hou met haar handjies twee punte vas om as vlerkies te dien. Vrolik vladder sy deur die lug en begin dadelik die muskiete en klein goggatjies wat rondvlie, te vang. Onder die oorhangpunte van die krans soek sy spinnekoppe en vlieë; ook die spinnerakke tussen bosse deursnuffel sy.

Arrie, wag, hier kom Ystervark uit. Hy luister of hy iets hoor. Daarvoor staan hy botstil, want hy kan baie fyn hoor.

Voetjie vir voetjie, sonder om te raas, gaan hy voort – altyd met die neus teen die wind op want net so fyn as sy gehoor is, net so skerp is sy reuksin. Hy ruik hierdie kant toe, dan weer daardie kant toe om seker te maak dat alles veilig is.

Dink hy is veilig, dan stap hy huiwerig voort want hy hou hom nog altyd gereed om na sy nes te spring as 'n gevaar hom skielik bedreig. Al die tyd vladder Vlermuis vrolik oor hom in die lug. Sy is bly om hom weer te sien.

Saam gaan hulle veld toe: Hy grawe veldkos, sy smul nog steeds aan die vlieënde goggatjies. Hulle slaan ag op die sterre en melkweg om te weet wanneer dit weer dag sal word. Dan moet hulle tuis wees – nog voor die eerste ligstrale die dagbreek aankondig.

Vlermuis is veilig, want sy kan so maklik met haar karossie deur die lug omkantel en ronddartel. Maar Ystervark glad nie – al het hy al sy pyle (penne) by hom. Hy kan maar net 'n klein entjie skiet met sy pyle. (Dis 'n Hottentot- en Boesmangeloof.) Maar ver kan hy glad nie skiet nie.

Wag, hier kom Jakkals aan. Ystervark gaan stilletjies met sy kop in die bos staan en hy wys sy penne. Jakkals kom agter verby. Ystervark los 'n paar van sy pyle op Jakkals en vlug. Hy vlug in 'n nou gat – kop na voor en die punte van sy penne na agter en staan in verdediging teen Jakkals. As Jakkals goed oortuig is dat dit nou neusie verby is met hom, dan draai hy droëbek om en vat sy ou gewone draffie in 'n ander koers om iets beters te gaan soek.

As Ystervark sien dat alles weer veilig is, dan begin hy

veldkos grawe tot hy genoeg het. Al die tyd hou hy die sterre en Melkweg in die oog om te sien hoe lank hy nog kan wei, rondslenter en plesier neem.

Vlermuisie word haastig en roep hom om huis toe te gaan. Ewe plesierig maak sy tuimelinge deur die lug en vat koers na hulle slaapplek toe, want die sterre en Melkweg lê in die posisie om die spoedige aanbreek van die skimmeldag aan te kondig – en dan moet hulle al veilig by hulle rusplek wees.

Ystervark volg, want hy weet as Vlermuis trek, dan is dit tyd om nie langer te versuim nie. As hy naby sy nes kom, stap hy eers om en om tot hy onderkant die wind kom om te ruik of dit nog alles veilig is. Hy het sy toorgoed om sy aanvallers aan die slaap te maak.

Maar die Boesmans ken al die laaie van Ystervark. Hulle wat by die bek van die nes voorlê, voel so vaak dat hulle nie hul oë langer kan oophou nie. Maar hulle weet dat dit Ystervark se paljas is, so hulle probeer hard om nie te roer of te slaap nie. Hulle gewaar vir Ystervark – hulle skiet, die pyl tref en daar het hulle hom! Maar as Ystervark húlle eerste en vroegtydig gewaar, dan is dit Piet-se-twak met hulle!

༶

Twee in een skoot

Hierdie storie is 'n skildering uit die lotgevalle en geloof van Boesmans.

Dit was 'n voorspoedige dag op die jagveld: 'n Boesman en sy broer het met twee springbokke en 'n jakkals die aand tuisgekom. Toe dit skemer word, begin die slagtery en braaiery van springbokvleis, terwyl dié van die jakkals in 'n pot gekook word. Een van die vroue het die lewer en hart van die jakkals vir haar persoonlik in 'n klein potjie op die vuur gesit, want hiervan mag die kinders nie eet nie, vernaamlik die hart. 'n Jakkals is maar bangerig en as kinders sy hart eet, dan word hulle as bangbroeke groot en word so lafhartig dat hul vir die kleinste geritsel nes 'n jakkals weghol, daarom gee Boesmans nooit die jakkals se hart aan hulle kinders nie. Maar die oues wat nie meer bang ken nie, mag dit eet en daarom het die vrou dit afsonderlik vir haar in 'n potjie gaargemaak.

Hulle het daardie aand baie geëet: Die vrou was nie met die jakkals se hart tevrede nie maar het haar maag eers met springbokvleis oorlaai. Bowendien het sy nog 'n bietjie siek gevoel en het vroeër as die ander onder haar velle ingekruip. Die ander het ook nie lank versuim nie en het, versadig, haar voorbeeld kort daarna gevolg.

Toe alles rustig is en algar hardop snork, kry die vrou 'n aaklige droom en sy begin skree asof sy vermoor word. Die ander skrik wakker van haar geroep: "Hier is 'n leeu! Hy byt my! Help, help!" en sy ruk haar kop onder die velle in.

Dit word 'n gedoente: Die mans is verward, die kinders huil en die vroue druk hul koppe onder hulle karosse in.

"Waar, waar is die leeu?" roep die mans.

"Hier by my! Toe, kom help!" antwoord die vrou.

Dis 'n kwessie van lewensgevaar – die mans gryp hulle boë en assegaaie en soek die leeu. Hulle vind niks nie. Toe roep haar man uit: "O, ek weet wat dit is: Dis die hart van die jakkals wat jou nou kom bang maak!" En daar is 'n gelag van die ander wêreld. Almal is nugter wakker en hulle begin weer braai.

Die vrou is 'n bietjie skaam en om die saak reg te plooi, merk sy op: "Wag, julle sal sien dat hierdie droom wat my kom waarsku het, nie pure verniet is nie."

Aag, bog!" roep haar man uit "Drome lieg!" (Boesmans heg nie so baie waarde aan drome nie omdat hulle so baiekeer bedroë daarmee uitgekom het). Ná hulle weer geëet het, gaan hulle inkruip en slaap.

Skemerdag is die klomp almal wakker en braai toe die vleis wat nog oorgeskiet het, want die dag om weer te gaan jag, breek aan. Terwyl hulle eet, sit die vrou se man meteens doodstil en sonder om 'n woord te praat – hy dink diep ná hy sy mondvol vleis haastig ingesluk het.

Algar merk dit en sit hom verwonderd en aankyk sonder om te vra wat dit beteken. Hy onderbreek die stilte en sê: "Ek voel my vleis op my rug kriewel – dit beteken dat 'n gemsbok hier naby sy rug met sy horing krap. Ek voel nou die gekriewel van agter my nek af tot in die waai van my bene – dit beteken dat ons gemsbokke gaan skiet en huis toe dra want dis hulle bloed wat agter my rug aftap." Hy kyk op na die kinders en sê: "Toe kinders, loop koes-koes en klim daardie koppie uit en kyk of julle nie wild gewaar nie. Maak gou en kom dadelik vir ons sê."

Sonder om 'n oomblik te wag, spring die kinders bukbuk weg deur die bossies. Haastig, maar tog onopgemerk beklim hulle die koppie en tuur oor die omliggende veld. Meteens fluister een van die kinders: "Mintig, kyk hier vlak voor ons onder die koppie wei 'n klompie gemsbokke!" Saggies hol hulle terug en vertel dit aan hul ouers. Die son wil net uitkom.

Die mans gryp hulle boë en pylkokers – hulle kyk na die koers van die wind om juis te weet op watter plek langs die koppie hul die wild moet gaan voorlê. Duik-duik hol hulle soontoe. Elkeen kry vir hom 'n wegkruipplek en die man wat die krieweling agter sy rug gevoel het, steek hom agter die stam van 'n dik boom weg en hy loer.

Goeie genugtig, wat sal hy sien! Kort voor hom lê 'n knewel van 'n leeu wat ook die gemsbokke voorlê. Die Boesman gooi 'n kyk teen die boomstam op om te sien of daar maklik opklimplek is. Toe hy daarvan oortuig is dat hy sonder sukkel die boom kan invlug, rig hy weer sy oë op die leeu. Die leeu het nog nie die Boesmans gewaar nie, want sy aandag is op die gemsbokke. Ook die wild het die wind aan hulle sy en merk nog geen onraad nie.

Wat nou gedoen? Stillê is die veiligste vir die Boesman.

Die bokke wei nader en nader. Die leeu ag dit sy tyd om sy dodelike sprong te maak. Hy raap hom op en daar het hy 'n groot gemsbok. Die ander bokke skrik en hulle kom so naby die ander jagters dat elkeen 'n raakskoot kry – net die een in die boom skiet nie. Toe eers gewaar die leeu die Boesmans en die ander Boesmans gewaar hom ook. Teen hierdie tyd sit die een Boesman al in die boom en roep aan sy maats uit om ook in bome te klim, want hy sal 'n geraas maak dat die leeu hom in die oog moet hou.

Die leeu staan by die bok wat hy gevang het, kyk na die een in die boom en waai sy stert. Af en toe gooi hy dwars kyke om die doen en late van die ander jagters gade te slaan.

Hy is onder pylskoot van die boom. Die pyl vlie en tref die leeu in sy kruis – en dit is oorgenoeg!

Só het die boomklimmer 'n gemsbok en 'n leeu met een pylskoot gedood.

೧೩

Hamerkopvoël
en die swaweltjies

೨०

Hierdie storie is aan my in 1885 deur 'n Transvaalse Boesman vertel.

Die hamerkopvoël weet van meer dinge as ons. Diegene wat verstand het, verstaan wat hy vertel maar dié wat nie verstand besit nie, weet ook nie hoe om hom te verstaan nie. Hy bou sy huis bo-op 'n oorhangklip van 'n steil klipkrans wat by 'n gat water is. Hy maak sy nes van stokke en gras en dit is so groot dat dit 'n halwe wavrag hout is. Die deur van sy huis maak hy op die randjie van die oorhangklip, sodat hy maklik na onder in die gat water kan kyk.

In die water sien hy die gedaante van bome, berge, wolke, die son, maan en sterre. En hy verstaan alles wat die goeters vir hom kom vertel. Hy gaan dan die tyding aan die betrokke mense vertel, want hy bly nie stil as hy iets weet nie.

Die swaweltjies (kransswaweltjies) maak weer hulle huisies onder die oorhangklip. Die nessies lyk soos die maan, waarvan die twee horings na bo staan. Die kransswaweltjies bou hulle huisies van klei op 'n hoop en maak nie tuite vir deurtjies soos die huisswaweltjies nie. Daarom lyk hulle nessies in vorm nes die afsterwende maan. Hamerkop het hul gesê om dit so te bou.

Nou, as die maan 'n bak na boontoe maak, dan dra hy die lyke van mense wat gesterf het. En die swaweltjies is gestorwe kindertjies wat weer lewendig geword het. As die maan weer half word, verdwyn die holte en is daar nie meer plek vir die kindertjies nie. Hulle val dan uit die lug en word swaweltjies. Hamerkop gaan haal hulle en bring hulle na die nessies wat net soos die gehoringde maan lyk. Ja, hy leer hulle selfs hoe om so 'n patroon van nessie te maak – en die swaweltjies hou baie daarvan.

Hamerkop het die swaweltjies aan Son gegee. As dit winter word en Son trek noordwaarts weg, dan roep hy sy kindertjies om saam te gaan waar hy lekker gaan skyn en waar hulle by 'n ander Hamerkop kan gaan woon. Op hulle reis deur die lug soontoe en met hulle terugreis hiernatoe, sien en gewaar hulle baie dinge. Dit alles gaan hulle aan Hamerkop vertel. Hy sit dan mooi en luister na hulle tierelier en dit maak hom nog slimmer.

Een aand toe dit donker word, kyk Hamerkop meteens voor hom uit sy nes op die water (want die bek van sy nes gaan skuins van onder in). Hy sien in die water dat 'n groot moordbende in aantog is. Hy vlie dadelik uit en roep vir Uil, wat ook sy huis in dieselfde krans het en sê dat hulle twee die Boesmans moet gaan waarsku dat hulle lewe in gewaar is.

Die twee vlie toe weg en kom by die eerste en verste Boesmans se kraaltjie aan. Hamerkop vlie heen en weer in die skemer oor die hutte en maak sy skril geluid keer op keer. Uil gaan in 'n boom sit en "hoe-hoe". Dit is dom Boesmans wat nie verstaan nie. Hulle klap op hulle hande om vir Hamerkop weg te ja; en die kinders neem klippe en gooi Uil daarmee. Die gevolg is: Hamerkop en Uil vlie bedroef weg.

Hulle twee kom toe terug en gaan by die tweede Boesmankraaltjie aan en die Boesmans maak net soos hulle by die eerste kraaltjie gemaak het. Ook hier begin hulle die twee weg te ja, maar daar is 'n stokou Boesman wat slim is en dinge verstaan. Hy roep uit dat die ander nie so moet maak nie. Hulle hou dadelik op en hol na die ou man toe om te hoor wat hy te sê het, want algar beskou hom as baie verstandig.

Hy antwoord: "Arrie, waarom doen julle sulke dinge? Hoor julle nie dat die twee voëls ons kom waarsku nie? Wag, stil, laat ek eers hoor wat hulle te sê het."

Na die voëls hulle waarskuwing uitgespreek het, vlie hulle weg en toe vertel die ou man dat die twee kom vertel dat 'n moordbende in aantog is en dat die statjie se volk gereed moet wees.

Die anderdagoggend toe die swaweltjies uit hulle nessies vlie, roep Hamerkop hulle en sê dat hulle in die water moet kyk, dan sal hulle 'n moordbende in die verte sien aankom. Die bende sal die aand 'n kraal van die Boesmans aanval, dan sal hulle weer baie kinders vermoor, sodat die swaweltjies weer 'n klomp boeties en sussies bykry.

Die swaweltjies treur oor die slegte tyding, want hulle is net so deur ander vermoor of het deur siekte omgekom. Hulle sweef laag oor die water om daarin te kyk om te sien wat in die verte aangaan. Daardie dag gaan egter stil verby – al wat hulle in die water gesien het, is hoe die aanvallers in aantog is.

Daardie aand verskiet daar baie sterretjies. Die swaweltjies kan uit hulle huisies op die water sien hoe die sterre heen en weer verskiet. Sommige word benoud en dink dis die aanvallers wat so met vuur rondsmyt. Hamerkop kom uit en kyk hoe die sterre in die lug nes vuurstompe rondvlie.

Hy roep uit: "Nou moor die groot bende die klein bruines uit. Ek kan sien: Dis by die eerste en verste kraal waar Uil en ek gisteraand was. Hulle wou ons mos nie glo nie."
Hy kyk gedurig in die water en in die lug. Later in die nag begin sterre met langer sterte te verskiet. Die swaweltjies word weer bang vir die skietligte en begin woel. Maar Hamerkop sê: "Wees julle maar gerus – die groot bende maak nou die aanval by die tweede en laaste kraaltjie waar Uil en ek gisteraand was. Die Boesmans sit gewapen in 'n kliprandjie en skiet die groot aanvallers by hope dood. Ek kan in die water sien hoe hulle omrol."

Maan is teen hierdie tyd weer bak na bo. Die dooies lê in die holte maar na enige dae is die hol plek gelyk toegegroei (eerste kwartier), toe val die liggame van Maan af; en toe Son uitkom, stuur hy die bruin kindertjies van die Boesmans lewendig na Hamerkop toe. Hulle word swaweltjies en word ewe lief deur die ander boeties en sussies verwelkom. Dadelik begin hulle langs die ander vir hulle halfmaannessies bou sonder dat die ander swaweltjies hulle belet.

Son het die groot aanvallers in swart kraaie verander – dié soort kraaie wat so in die mielielande kan pla. Net soos mans kan hard praat en raas, net so 'n rumoer skop daardie swart voëls op. Daarom wou Hamerkop hulle nie by hom in die krans hê nie. Die aanvallers het getrek en woon weer waar hulle vandaan gekom het en pla tot vandag toe nog in die mielielande, terwyl Hamerkop en die kindertjies van Son, die swaweltjies, tot vandag toe nog in kranse saam in liefde woon.

Die wolke
&

Hierdie storie is 'n blote beskouing oor wolke en wat enkele wolke beteken.

Wolke! Wat vir goed is dit? Alle wolke is nie van een soort nie. Daar is wolke wat reën uitgiet, en daar is van hulle wat droog is en nie water bevat nie. Dan is daar donderwolke wat water, vuur en swareweerstene bevat; en daar is wat net hare, vere en wind bevat. So is alle wolke glad nie eenders nie.

Die wind is die asem van alle goed wat lewe. So is die stormwinde die asem van die Grootvoël wat in 'n gat in die berge woon, wat hom in wolke kan wegsteek en dan na die see vlie om reën te gaan haal. Dan kom hy met groot gedruis in die wolke, hy blaas met sy bek en klap met sy vlerke sonder om uit die wolk te voorskyn te kom. Daarom waai daar altyd 'n windjie as 'n wolk oor ons koppe heen sweef.

As iemand sterf, dan word sy hare wolke. As 'n voël sterf, word sy vere ook wolke. Maar hierdie soort wolke gee nie reën nie want dit is net hare en vere wat nie water bevat nie. Daarom kom dit en verdwyn sonder om 'n druppel te laat val. Want dit is hare en vere wat sommer maklik deur die asem van die Grootvoël verjaag word.

As iemand gesterf het, dan staan sy spore nog vars in die sand asof die persoon nog leef, maar hy is dood. Sy asem, wat sy wind is, het klaar uitgewaai, sy hart het omgekantel en kan nie meer roer nie. Daarom kom die stormwind en waai die spore van die afgestorwe persoon gelyk met sand. Want waarom moet sy spore nog in die sand bly as hy reeds dood is? Is die spore in klei sigbaar sodat die wind die klei nie kan stukkend breek nie, dan giet die wolke 'n stortbui uit en wis die spore uit. Want hy vra ook: As 'n persoon dood is, waarom moet sy spore nog lewe?

As die een se lyk op die aarde doodlê, dan kom die wind en maak 'n sterk warrelwind en dié vat die lyk op – al is hy onder die grond begrawe – en bring dit na die hol bak wat tussen die twee opstaande horings van die nuwemaan is en hy plaas die lyk saggies daarin neer. Om hierdie rede begrawe die Boesmans 'n lyk in 'n sittende posisie: Hy moet enige tyd gereed wees om op te staan.

Voor die dood in die wêreld gekom het deur die haas, het die mense en diere maar geslaap tot dit nuwemaan geword het. Hulle het dan weer nes die maan lewendig geword. Maar nou moet hulle lank in hul grafte sit voordat hulle eendag weer lewendig sal word. Dan kom die persoon se wolk neer en dwaal nes 'n swaar mistige weer oor die graf om die opstandelinge te bedek, sodat die ander nie kan sien dat die dooie weer lewendig geword het nie. Die hare, of vere, van die wolk kom weer op daardie een se lyf groei, sy wind gaan weer in hom en die een stap rond asof hy nooit dood was nie.

As 'n ongedierte iemand verskeur en opgeëet het, dan bring die mistige weer al die dele van sy liggaam bymekaar, die dele word klam en nat en groei weer aan mekaar vas, net soos die persoon tevore was.

Ons moet die wolke respekteer en eerbied aan hulle betoon. Doen ons dit nie, bring hulle nie vir ons reën nie, dan kom hul nie om ons klam te maak en op te wek nie. Die berge en rotse het die wind en wolke nie gerespekteer nie, maar het hul verwens en uitgeskel toe die storms so baie stof en water op hulle uitgegiet het. Daarom sal hulle nooit weer lewendig word nie maar vir altyd slaap, slaap en slaap.

Die Grootvoël maak wind wat stofwolke op die aarde voortjaag. Hy maak droë wolke bo in die lug en laat die mistige weer tot op die grond kom. Toe die rotse gelewe en gejag het, was die mistige weer toegetrek en stof het in hulle oë gewaai, sodat hulle die wild nie kon raaksien of skiet nie. Daarom het hulle die wolke en wind verwens en dis daarom dat hulle nooit weer sal wakker word nie.

Die ding het so gebeur: Die rotse was eers Boesmans van die ou geslag. Hulle was baie. En misskiet? So iets het hulle glad nie geken nie. Om hierdie rede het hulle altyd baie kos gekry, sodat hulle spekvet geword het. Daarom kon hulle later nie meer agter wild hardloop nie. Die enigste plan vir hulle was om onderkant of dwars teen die wind die wild te gaan voorlê.

Eendag op 'n jagtog sien hulle baie springbokke in 'n smal laagte aankom. Hulle gaan neem posisie in die randjies. Die wind waai koud en hulle oë begin traan van die koue. Sand en klippies waai in hulle oë. Toe begin hulle op die wind te skel; waarop die wind nog 'n bietjie strawwer waai. Dit maak hulle boos en hul verwens die wind. Die wind word woedend en 'n storm bars los. Toe kan 'n mens hulle hoor tekere gaan. Want teen hierdie tyd was die springbokke so naby dat hulle onder pylskoot was. Maar die stof van die getrap van die bokke was so donker dat hulle geen bok duidelik kon sien nie; en die storm was so sterk dat dit al die pyle in 'n ander rigting dryf. Die Boesmans het al hul pyle op die vlugtende bokke opgeskiet maar nie een bok geraak nie. En wat die Boesmans nog meer woedend gemaak het, was dat met die geweldige span van die boogsnare, het die velle van hulle duime en voorvingers afgeskeur, sodat hulle vir 'n rukkie daardie seer vingers nie kon gebruik nie. Toe was hulle boos en skel net op die wind en die stofwolk. Hulle gaan toe hulle afgeskote pyle tussen die gras en bossies soek. Met baie moeite en soek het hulle die meeste gekry maar die springbokke het ook baie stukkend getrap.

Die wind en wolke was baie verontwaardig dat die ou Boesmans so swets en skel. Hulle kom ooreen om 'n groot bende moordenaars na die Boesmans te stuur. Die Boesmans het nog altyd die aanvallers in vroeër dae teruggeslaan. Maar nou sal hulle dit nie meer regkry nie.

Die bende het gekom. Die wind begin sterker en sterker waai tot dit in 'n storm losbars. Die wolke kom uit die lug en versprei 'n donker misbank oor die omliggende grond. Die getrap van die voete van die moordenaarsbende wek 'n stofwolk in die droë mistige weer op. Die wind versamel dit alles en dryf dit oor die ondankbare Boesmans. Toe is daar geen lewensgevaar vir die aanvallers meer om al die Boesmans te dood nie – en daar het nie een van hulle oorgebly nie.

Daarna versteen die verstrooide lyke van die dooie Boesmans en hulle word rotse. Die wind wou hulle nie meer opwek nie en die wolke giet hul wel gedurig nat, maar die water gaan nie eens deur die vel van die rotse nie, sodat hulle geen nut daarvan ontvang nie. Daarom het die wind en wolke besluit om nooit weer die rotse op te wek nie.

Nou word hulle geslaan, getrap en geskop deur elkeen wat by hulle verbykom.

ଓଃ

Mierkatte
en erdmannetjies

&

In hierdie storie word iets oor die lewenswyse van mierkatte en erdmannetjies vertel. Die erdmannetjie is die waaierstertmierkat, wat niks anders is nie as 'n eekhorinkie wat in die grond saam met mierkatte woon.

Daar was 'n droogte wat strawwer en strawwer geword het. Die waters gee op en die wild trek weg. Dus moes die Boesmans en diere ook maar volg – almal in die koers van die wild.

Twee Boesmanhuisgesinne het saam getrek. Op pad het hulle baie swaar gekry en hulle kinders het gedurig gehuil oor kos en water. Dit het die ouers se harte seer laat voel, sodat hulle soms saam met hulle kinders wou huil. Hier en daar kry hulle 'n veldkossie, of tel 'n skilpad op, of kry 'n nes van 'n lammervanger of kuikendief waarin óf eiers óf kleintjies is. Ook moes hulle soms muise en akkedisse vang om hulle kinders aan die lewe te hou.

Maar hoe omtrent water? Dit was hulle doodsteek!

Een aand toe die kinders al van dors wou sterf en hulle radeloos met hul koppe op die grond lê, hoor die een ou Boesman vir groot Waterslang onder die grond kruip. Dis die groot slang met die skitterende steen op sy kop wat vir die Boesmans water in die dor streke maak.

Die ou man begin met Waterslang praat, hy strooi gemaalde boegoe op die grond dat die slang kan ruik en weet dat hy water moet kom maak of aanwys. Hy het die slang geprys, toe weer mooi gepraat, totdat die slang onder die grond antwoord gee en sê dat as dit in die oggend lig word, sal hy vir die Boesmans kos en water hê.

Die treurige nag het swaar verbygegaan. Eindelik breek die dag en die slang onder die grond roep uit: "Stap na daardie bome waar daardie groot rotse is; daar op daardie plat klipplaat is 'n baie diep gat water wat nooit leeg word nie. Neem julle boë saam en julle sal daar iets te skiet kry."

Die mans gryp leë volstruiseierdoppe en neem hulle boë en pylkokers saam. By die water kry hulle vir Jakkals met sy vrou en kinders. Hy hol lafhartig weg maar die Boesmans skiet sy vrou en al sy kinders dood. Toe drink hulle en maak die leë eierdoppe vol om dié aan hulle vroue en kinders te bring.

Dit was nie eens nodig nie, want teen hierdie tyd kom die vroue met die kinders aangestap. Hulle drink en drink asof hulle nooit gaan klaarkry nie. Ná hulle dors geles is, maak hulle vuur en begin sommer al die vleis van die jakkalse te braai en hulle stil ook die groot honger van hulle en van die kinders. Toe haal hulle die hongergordels, of hongerbande, van hul lywe af en voel dat hulle lekkerder kan asemhaal. Van die jakkalsies se velle word toe kinderkarossies gemaak.

Jakkals, natuurlik, voel bedroef oor sy vrou en kinders wat dood is en wat die Boesmans nou sit en braai. Hy kry die reuk van hulle gebraaide vleis en hy sit op 'n veilige afstand en tjank bitter. Intussen roep hy uit: "Pas maar op vir julle kinders! As ekke wat Jakkals is, hulle in die hande kry, sal ek hul wys hoe dood lyk."

Die ou Boesman roep terug: "Solank ekke wat Boesman is lewe, sal jy wat Jakkals is, hulle nie in hande kry nie – dit beloof ek jou!"

Waarop Jakkals teëwerp: "'n Dag is 'n dag dat ekke hulle in hande sál kry! En dan sal hulle dit gewaar!" en hy tjank en huil weer bedroef. Om nog veiliger te wees, draf hy weg na die randjies se kant toe en gaan vang muise.

Nou sien die Boesmans die nes van 'n lammervanger (voël). Hulle gaan haal die kleintjies uit en hulle braai dié ook vir hulle kinders.

Lammervanger – net soos Jakkals – voel bedroef en huil oor die kinders en roep uit: "Pasop vir julle kinders! Waar ek hulle kry sal dit nie goed met hulle afloop nie!"

Andermaal roep die Boesman terug: "Solank as ekke wat Boesman is nog lewe, sal jy wat Lammervanger is, hulle nie in die hande kry nie!"

Lammervanger gebruik dieselfde woorde as Jakkals en werp teë: "'n Dag is 'n dag dat ons ontmoet. Pas maar op soos jy wil!"

Aangesien die Boesmans moeg was en eers genoeg kos en water gekry het, besluit hulle om daar op die plek te bly om die water op te pas en te kyk of daar nie wild sal kom drink nie. Dan kan hulle daardie wild ook skiet.

Daar het genoeg wild gekom, want Waterslang het mooi vir sy mense gesorg. En daarby het hy hulle vertrou. As hy êrens gaan wei, steek hy die blink steen wat op sy kop is, sorgvuldig weg voordat hy veld toe gaan.

Nou, as iemand in besit is van so 'n steen, is hy vir altyd gelukkig; daarom kom daar ontroue gedagtes by die Boesmans op en hulle maak plan om hul weldoener van sy kroon te onthef. Hulle loer groot Waterslang af om te sien waar hy die skitterende steen wegsteek. Toe hy ver in die veld is, neem hulle die steen en vlug ver weg daarmee.

Toe die slang terugkom, soek hy na die steen maar kan dit nie vind nie. Lammervanger, wat al die tyd in die boom gesit het, het gesien dat die Boesmans die steen gesteel het en daarmee gevlug het. Hy vertel dit aan Waterslang.

Net toe kom daar leeus water drink en die slang vra vir die leeus om die Boesmans te agtervolg en dood te byt.

Die leeus was dadelik gewillig uit dankbaarheid dat Waterslang vir hulle water gemaak het en hulle was lus vir Boesmanvleis. Hulle vat die spore, loop vinnig en vind die Boesmans aan die slaap. Hulle byt die grotes dood en die kinders vlug in nou gate waar die leeus hulle nie kon bykom nie. Hulle eet die oues op, maar die kinders bly in die gate. Waterslang kom daar aan en is baie bly om sy kosbare steen terug te kry. Hy het geweet die kinders is onskuldig en daarom doen hy niks aan hulle nie.

Jakkals en Lammervanger het egter anders gedink en hulle voorgeneem om wraak te neem. Lammervanger het in die dagtyd en Jakkals in die nagtyd die kinders opgepas. Om hierdie rede het die arme goedjies 'n baie onrustige lewe gely. Dié kinders wat karossies van wildvelle gehad het, het mierkatjies geword en dié wat karossies van die jong jakkalsies se velletjies gehad het, het erdmannetjies geword, maar hulle het altyd saam in dieselfde gate gewoon.

Soggens as die son uitkom, dan steek een eers sy koppie by die gat uit om te kyk of hy nie dalkies vir Jakkals of Lammervanger sien nie. Gewaar hy niks nie, dan kruip hy uit die gat en gaan sit penorent in die son om hom eers warm te maak. Dan roep hy die ander en sê vir hulle dat dit veilig is en dat hulle gerus maar kan uitkom. Die ander kom dan ook kersregop in die sonnetjie sit. Daar gesels hulle oor wat hulle gaan doen. Wei-wei stap hulle van die gate veld se kant toe. Vuur kan hulle nie maak nie, daarom sit hulle in die sonskyn. Water drink hulle nie meer nie – om die waarheid te sê, hulle durf nie so ver stap nie – daarom moet hulle maar die doutjies van die plante aflek en verder grawe hulle sapperige wortels en plante en soek goggas om te eet. Hulle ouers, wat eers vir hulle rysmiere gegrawe het en vir hulle vuur gemaak het, is deur die leeus opgeëet en kan hulle nie meer teen aanvalle beskerm nie.

❧

Die boom wat al maande sterf en weer lewendig word

❧

Hierdie storie is 'n karakterskets van 'n deugniet wat tog eindelik tot groot nut geword het. Dus was kwaad doen en roof by hom nie so 'n groot kwaad nie.

Tatsie was 'n wonderlike Boesman van die ou geslag. Hy het geroof, gesteel, gemoor en kon daarby toor soos min hom kon nadoen. Hy het 'n onverskillige manier oor hom gehad – so 'n traak-my-nieagtige manier wat maar min bure aangenaam gevind het. Sien hy iets waarin hy sin het, dan duur dit nie te lank nie of hy het dit. Hoe hy dit in hande kry, maak nie vir hom saak nie. Al maak hy die eienaar dood, is dit vir hom of hy 'n vlieg om die lewe gebring het. Slaan hy die eienaar tot hy op die grond bly lê, dan is dit vir hom of hy 'n slang magteloos gemaak het. En die ergste van alles is, niemand kon hom baasraak nie.

Gejag het hy nooit nie. Maar om die jagters op te pas, o ja, dit kon hy goed doen. As hulle wild huis toe bring, dan gaan hy eenvoudig aansit om saam te eet – die lekkerste en vetste stukke vleis is syne. As 'n vrou Boesmanrys gaargemaak het, gryp hy die pot voor haar weg en eet hom knuppeldik en dan eers sal hy daaraan dink om die pot na haar en haar kinders terug te stoot – dis te sê as hulle mooi praat. Maar raas hulle met hom, dan smyt hy eenvoudig die Boesmanrys in die vuur en gooi die pot boonop flenters. Gaan die kinders water haal, vat hy die water uit hulle hande, drink tot hy nes 'n modderpaddatjie opblaas en gee die orige water terug – dis te sê as hulle mooi praat. Maar skel die kinders op hom, of sê dat hulle dit aan hul ouers gaan vertel, dan sny hy eenvoudig die springbokpens waarin die water is, aan stukkies, of gooi die volstruiseierdoppe waarin die water is aan flenters en slaan die kinders inkluis.

Hy dra altyd 'n taai en lang lat by hom om almal wat nie vriendelik genoeg na sy sin is nie, te piets. Wie hom kwaad maak, kry hy onder die knopkierie.

Om hierdie rede het almal hulle maar teenoor hom gedra nes vuur: Buitekant mooi en blink, maar binnekant vuurwarm en boos. Hy is dus altyd met valse vriendelikheid behandel. As hulle met 'n aanvallige laggie vra waarom hy so handel, dan antwoord hy ook met 'n vriendelike laggie dat hy eendag aan al sy weldoeners 'n groot guns gaan bewys.

"Ja," sê iemand so vriendelik as hy kan, "Tatsie, jy sal ons glad vergeet. Eendag is jy dood en dan kan jy niks meer vir ons doen nie."

"Nou ja, ek meen juis as ek dood is om julle dan te beloon," was sy versekerende antwoord.

"Nee, Tatsie," onderskep 'n ander die woord, "jy moet dit liewers doen solank jy nog lewe."

In plaas om hierop "ja" of "nee" te sê, gryp hy sy lang lat en gee die spreker 'n taai hou oor sy kop en skouers en toe brul hy: "Ek sê julle mos, wag tot ek eendag dood is!"

Nou is die vraag: Wanneer sal hy eendag doodgaan, of hoe sal hulle hom doodkry?

Op 'n aand sit die kinders skilpaaie en braai. Hulle gee Tatsie 'n vet wyfie om te eet. Hulle sien hy haal die skilpad se hart en lewer uit en gooi dit in die vuur. Hulle vra hom waarom hy dit doen en voor hy goed oor die antwoord gedink het, sê hy: "As ek die hart en lewer van 'n skilpad eet dan word ek tydelik nes 'n skilpad self – sonder verstand." Hy skrik toe hy dit gesê het en wou dit met 'n ander praatjie oorpraat maar dit was te laat. Niemand praat verder daaroor nie.

Een van die listige vroue haal onopgemerk al die harte en lewers van die skildpaaie uit en bêre dit in 'n volstruiseierdop. Toe hy weer 'n ander aand saam eet, steek sy stilletjies een hart en een lewer van 'n skilpad in die stuk vleis wat hy vir hom uitgekies het om te braai.

Ná hy dit gebraai het, eet hy dit smaaklik op. Oor 'n rukkie kon algar sien dat Tatsie kort van verstand is – sy doen en late was nes dié van 'n skilpad.

Toe gryp een van die mans sy pyl en boog om Tatsie van die gras af te maak. Hy gee Tatsie 'n gifpyl in sy ribbekas en Tatsie krul om. Binne oomblikke is Tatsie dood. Hulle neem sy lyk en dra dit 'n ent die veld in om deur die ongediertes opgeëet te word. Hulle hoor in die nag hoe die wolwe oor die lyk twis en tekere gaan. Ja, hulle hoor selfs hoe die bene kraak soos die wolwe kou.

Nou voel hulle harte lekker, want Tatsie sal hul nooit meer kom pla nie en hy sal aan sy belofte dink om aan hulle die beloofde weldade te kom bewys.

Maar in plaas hiervan, wat sal hulle die volgende oggend sien! Hier kom Tatsie vrolik en sing-sing aangestap. Hulle slaan hul hande van verwondering voor hulle monde, maar sê verder niks nie. Ook Tatsie is volkome onbewus van wat hom oorgekom het – hy vertel hoe lekker hy geslaap en gedroom het.

By 'n volgende geleentheid doen die vrou dieselfde ding om Tatsie 'n skilpad se hart en lewer met sy wildvleis saam te laat eet – sy het die geheim aan niemand anders vertel nie, selfs nie eens aan haar man nie.

Weer word Tatsie se verstand duiselig. Toe skiet hulle hom met drie gifpyle en na hy dood is, bind hul 'n riem om sy nek, maak 'n swaar klip daaraan vas en gooi hom in die rivier. Die swaar klip sak met hom tot onder op die modder van die rivier. Hierdie slag is daar vir Tatsie nie kans om weer lewendig te word nie. Hoe kry hy asem?

Hulle gaan gerus slaap en verwag dat Tatsie nou in sy dood die weldade sal kom betaal. Weer sien hulle Tatsie die volgende oggend sing-sing aankom en hy praat net van die lekker slaap, soete drome en die lekker swem wat hy gehad het. Ook hierdie slag hou hulle hul hande op hulle monde maar sê niks nie.

By 'n later geleentheid kom Tatsie weer daar eet en nogmaals brou die vrou hom 'n hart en lewer van 'n skilpad in en net soos by die vorige geleenthede, word Tatsie se verstand stomp. Hy val rûensagteroor en lê op sy rug en slaap. Die vrou neem 'n groot leë dop van een van die skilpaaie en plaas dit oor sy gesig. Sy asem word sagter en sagter tot hy dood is. Hulle vat sy lyk en sit dit saggies en met eerbied op die grond neer, maar 'n goeie ent van die hutte af.

Daardie aand het die nuwemaan net sy verskyning aan die westekant, ná sononder, gemaak. In die nag kom daar 'n warrelwind en dié neem die lyk na die maan toe om tussen die horings in die hol bak geplaas te word.

Daar het Tatsie nugter wakkergeword en kon nie verstaan hoe hy by die maan uitgekom het nie. Hy begin met die ander gestorwe skepsels 'n herrie opskop en word geniepsig. Hulle word keelvol en wil hom uit die maan smyt. Hy klou aan een horing vas en hou so al wat hy kan, maar die punt van die horing breek af en daar val Tatsie, nog met die stuk maanhoring in sy hand, kop na onder op die aarde dat hy hik.

Hy was morsdood van die geweldige val. Nooit sal hy weer lewendig word nie, want daar was net 'n nat kol waar hy geval het en niks meer nie.

Namate die maan dag na dag groei en groter word, só begin die horing van die maan ook tot 'n boom groei en word groter by die dag: blomme, blare en vrugte kom daaraan en dit word 'n geweldige groot boom wat sy takke ver na alkante uitbrei. En toe dit volmaan is, is die boom oorlaai met baie lekker vrugte wat net soos vleis smaak en net so voedsaam is.

Toe kom die Boesmans van alle kante om van die lekker vrugte te eet. Hulle kon egter nie al die vrugte baasraak nie, al dra hulle ook knapsakke en knapsakke vol weg.

Maar ná volmaan, begin die maan te sterwe. Hierdie boom doen dieselfde. Sy vrugte word droër en droër by die dag en word net soos biltong. En toe dit haas nuwemaan moet word, is die boom – stam en al – tot op die grond morsdood. Toe treur die Boesmans.

Maar toe die nuwemaan hom weer aan die westekant vertoon, begin die boom weer bot, gee weer blomme, dra weer vrugte en toe die maan vol is, is die vrugte weer ryp en die feesviering hou maand na maand so aan. Die boom staan tot vandag toe in die land waar die ou geslag nog lewe.

"Die dieredans"
deur Boesmans uitgevoer

&

Hierdie storie stel die wyse voor waarop Boesmans die diere in hulle danse namaak en naboots, want die Boesman is 'n uitstekende klugspeler en nabootser soos ons min. Een aand moes ek en my vader in die veld oornag naby Katkop aan Sakrivier, Calvinia. 'n Paar honderd treë van ons uitspanplek af het Boesmans (wat dié dag 'n goeie jag gemaak het) gebraai en gedans. 'n Ou vriend wat met die Boesmantaal en -gewoontes goed bekend was, stap saam. Ná hy elkeen 'n pruimpie tabak gegee het, vra hy die Boesmans om die dans van die diere uit te voer. Onder die verrigtings kon hy ons die nodige inligting gee. Verder in dieselfde jaar, op Vryegans, Agter-Pêrel, het 'n Boesman, Hans, saam met ons vee opgepas. Van elfuur tot drieuur in die dag staan die vee onder die eikebome, omdat die blindevlieë en muggies hulle so pla; dan het ons wagtertjies baie tyd om te speel en Hans het ook oorgenoeg tyd om sy stories te vertel, sy klugspele uit te voer en te dans. Sy beloning is ons oorskietkos en koffie. So het baie van daardie deuntjies en woorde van die riele my bygebly, wat ek ook later aangeteken het. Byna al die diere kom aan die beurt maar ek gee slegs enige. Toe ek 'n kind was, was ek nogal 'n taamlike ekspert om riele uit te kerf.

Die kameelperd se dans

Baie van die reëls en verse word oor en oor herhaal, omdat Boesmangedigte nie 'n groot verskeidenheid oplewer nie. Die nabootsings is moeilik om op papier terug weer te gee. Onder ramkie- en tamboerspel lui die dans as volg:

Boem, boem, boem! Ting, ting, ting!
Daar kom hy aan! Daar kom hy aan!
Kop in die lug, stert na die grond.
Boem, boem, boem! Ting, ting, ting!
Hier kom hy aan, hier kom hy aan!
O hy – stap so wyd, hy vat sy tyd!
O hy – stap so wyd, hy vat sy tyd!
    en stap so wyd en vat sy tyd! *ens. ens.*
    Nou dans hulle dat die stof so trek.

Boem, boem, boem! Ting, ting, ting!
Daar kom hy aan! Daar kom hy aan!
Hy spalk sy been, hy staan nou drink.
Boem, boem, boem! Ting, ting, ting!
Hier kom hy aan, hier kom hy aan!
Hy trap – een poot hier en een poot daar!
Hy trap – een poot hier en een poot daar!
    met een poot hier en een poot daar! *ens.*
    Nou steun hulle soos hul dans.

Die springbok se dans

Met die uitvoer van hierdie dans word gepronk en getrippel nes 'n springbok.

Hy trippel bietjie saggies; hy trippel bietjie saggies.
    Daar wip hy! Hy wip so!
Hy trippel bietjie saggies; hy trippel bietjie saggies.
    Daar wip hy! Hy wip so!
Kom trippel nou so; kom trippel nou so!
    Trippel, trippel, trippel nou so!
    Trippel, trippel, trippel nou so! *ens. ens.*
Daar wip hy! Hy wip so! Hy wip so!

Hy skoffel baie saggies; hy skoffel baie saggies.
    Daar spring hy! Hy spring so!
Hy skoffel baie saggies; hy skoffel baie saggies.
    Daar spring hy! Hy spring so!
Kom skoffel nou so; kom skoffel nou so!
    Skoffel, skoffel, skoffel nou so!
    Skoffel, skoffel, skoffel nou so! *ens. ens.*
Daar spring hy! (Klop) askoek af, askoek af!

Die kwagga se dans

Die kwagga wat hier bedoel word, is wat die geleerdes sebra noem; so word van die gestreepte kwagga en die vaal kwagga gepraat. Hierdie riel is ongeveer dieselfde as "Die Witpens-os" van die Hottentot – die musiek verskil min.

Die bont streepperd, die bont streepperd!
Sy nek die krul, sy hurke dril.
Die bont streepperd, die bont streepperd!
Sy voorpoot buig, sy ore klap;
hy skop sy stert, hy roggel só:
    Roggo! roggo, roggo, roggo!
    Roggo! roggo, roggo, roggo! *ens. ens.*

Die wit streepperd, die swart streepperd!
Hy wei op gras, hy drink sy taks.
Die wit streepperd, die swart streepperd!
Hy byt na grond, hy skop die son:
    Poeko! poeko, poeko, poeko! *ens. ens.*

Die kuifkopperd, die kuifkopperd!
Sy poot is rond, sy klou die klop.
Die streepkopperd, die streepkopperd!
Hy kap te net, hy draf te mooi:
    Poeko! poeko, poeko, poeko! *ens. ens.*

Die toktokkie se dans

Die toktokkie is 'n gogga wat baie soos 'n miskruier lyk, maar sy agterlyf is swaarder en ronder. Waar hy loop, klop hy op die grond en maak 'n tok-tok geraas – vandaar die naam.

>Hy soek na sy vrou,
>en soek na sy kind;
>hy soek na sy kos,
>en sy water is op.
>>Hy tok-tok, hy tok-tok,
>>hy tok-tok, hy tok-tok.
>
>Hy soek na sy vrou,
>en soek na sy kind.
>>Hy tok-tok, hy tok-tok. *ens. ens.*
>
>Hy klop met sy lyf
>en hoor met sy oor.
>Hy soek na sy vrou,
>en soek na sy kind.
>>Hy tok-tok, hy tok-tok.
>>Hy tok-tok, hy tok-tok. *ens. ens.*
>
>Hy soek na sy kos,
>en sy water is op.
>>Hy tok-tok, hy tok-tok.
>>Hy tok-tok, hy tok-tok. *ens. ens.*